KB114727

# 여섯 영혼의 노래, 그리고 가수

# 여섯 영혼의 노래, 그리고 가수 2

킹묵 장편소설

초판 1쇄 찍은 날 § 2018년 3월 22일
초판 1쇄 펴낸 날 § 2018년 3월 29일

지은이 § 킹묵
펴낸이 § 서경석

총괄팀장 § 최하나
편집책임 § 이종식
편집 § 김경민

펴낸곳 § 도서출판 청어람
등록번호 § 제387-1999-000006호
등록일자 § 1999. 5. 31
어람번호 § 제1-2872호

주소 § 경기도 부천시 부일로 483번길 40 서경B/D 3F (우) 14640
전화 § 032-656-4452  팩스 § 032-656-4453
http://www.chungeoram.com
E-mail § chungeorambook@daum.net

ISBN 979-11-04-91688-5 04810
ISBN 979-11-04-91686-1 (세트)

2

킹묵 장편소설

# 여섯 영혼의 노래, 그리고 가수

FUSION FANTASTIC STORY

여섯 영혼의 노래,
그리고 가수

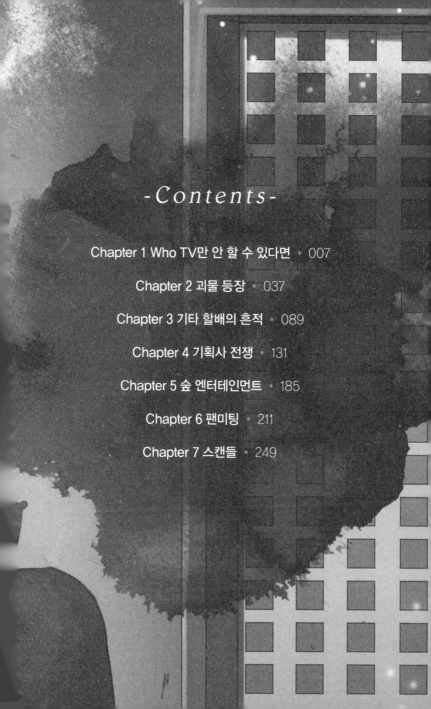

# -Contents-

Chapter 1 Who TV만 안 할 수 있다면 · 007

Chapter 2 괴물 등장 · 037

Chapter 3 기타 할배의 흔적 · 089

Chapter 4 기획사 전쟁 · 131

Chapter 5 숲 엔터테인먼트 · 185

Chapter 6 팬미팅 · 211

Chapter 7 스캔들 · 249

# Chapter 1
## Who TV만 안 할 수 있다면

컴퓨터 앞에 앉아 있는 밴디스의 채우리는 고개를 갸우뚱
거렸다.

어제까지만 해도 몇 번이나 본 영상이 내려가 있었다. Y튜
브에서도 찾아봤지만 게시물이 존재하지 않는다는 알림만 보
였다.

"왜 내린 거지? 보고 싶은데……."

몇 번이나 새로 고침을 해도 변함이 없었다. 한참을 해도
안 되었기에 다른 영상이나 보려고 클릭하니 생각보다 많은
댓글이 달려 있었다.

댓글은 왜 후 버전 '부끄' 영상 내렸냐는 댓글이 주를 이루었고, 채우리도 궁금했기에 하나하나 살펴보자 카페지기가 남긴 댓글이 보였다.

—아쉽지만 저작권 문제로 부득이하게 내릴 수밖에 없었어요.

"응? 무슨 소리지?"

'부끄'의 저작권 당사자인 본인이 가만있는데 저작권 문제 때문에 내렸다니 모를 소리였다.

채우리는 무슨 일인가 한참을 고민하다가 카페지기에게 쪽지를 남겼다.

—죄송한데, 저작권에 무슨 문제가 있다는 건지 알려주실 수 있나요?

쪽지를 보내고 얼마 되지 않았을 때 마침 카페에 접속해 있었는지 답장이 바로 왔다.

—밴디스 소속사에서 내려달라고 요청이 왔거든요. 어쩔 수 없어요.

채우리는 카페지기 운영자라는 사람에게서 온 쪽지를 한참을 처다봤다. 혹시라도 나머지 멤버들이 다른 회사랑 계약을 했나 생각해 봤지만 작사, 작곡이 전부 자신의 이름이기에 전혀 상관이 없었다.

아무리 생각해도 모를 말에 카페지기에게 대화를 신청했다.

Cus: 밴디스 소속사 없는 걸로 알고 있는데…….

운영자: 그래요? 오리 엔터에서 재계약했다고 그랬는데.

Cus: 네? 말도 안 돼요. 팽개칠 땐 언제고. 무엇보다 다시 거기랑 계약할 생각 없어요.

메시지를 보내고서야 흥분해서 잘못 보냈다는 것을 알았지만 오리 엔터가 자신의 곡을 마치 자기들 것처럼 여기는 모습에 화가 났다.

일단은 확인이 필요했기에 그동안 꺼두었던 전화기를 다시 켰다. 전화기가 켜지자 부재중 전화 알림과 메시지 도착 음이 쉴 새 없이 울렸다.

대부분 회사 전화나 모르는 전화였고 간간이 멤버들의 전화도 보였다.

채우리는 휴대폰을 들고 멤버들에게 먼저 전화를 걸어 확인했다. 멤버들 모두가 회사로부터 재계약을 원한다는 전화를 받았지만 거절했다고 한다.

왜 자신들을 다시 찾을까 하는 생각을 해봤지만 이유는 알 수가 없었다. 하지만 뮤지션들을 쓰다가 버리는 오리 엔터라면 분명히 이유가 있을 것이다.

생각에 빠져 있을 때 운영자로부터 메시지가 도착했다.

운영자: 혹시 밴디스 멤버세요? 맞으시죠? 맞으면 잠시 통화 가능할까요?

어떻게 해야 할까 고민할 때 다시 메시지가 도착했고, 그 메시지에는 자신이 기자라는 말과 함께 얘기를 나누고 싶다고 적혀 있었다.

기자라는 말에 잠시 고민도 되었지만, 이유가 있으리라는 생각에 메시지로 보내온 전화번호로 전화를 걸었다.

신호음이 몇 번 울리지 않았음에도 곧바로 들려오는 목소리에 서로 인사를 나누고 나자 이주희가 물었다.

—오리 엔터와 재계약하시는 거 아니었어요?

"네, 아니에요. 멤버들이 일단은 너무 지쳐서 좀 쉬고 싶어 하거든요.

—이상하네요. 분명히 재계약한다고, 아니, 했다고 하더라

고요. 게다가 그 곡 가이드 버전이 유출된 거라고 했거든요. 밴디스가 리메이크해서 발매한다고 하긴 했는데… 게다가 제가 그 영상을 촬영해서 조금 의심되긴 했는데 오리에서 워낙 강하게 말해서 그런가 보다 했거든요.

"아니에요. 절대, 절대 아니에요! 후 님이 가이드라뇨. 말도 안 돼요. 말하기 부끄럽지만… 솔직히 완전히 다른 곡인데……."

―그럼 후 님이 부르시는 건 원곡자인 채우리 씨가 허락하신다는 거죠?

"당연… 아니, 감사하죠. 곡을 다시 태어나게 해주셨는데……."

스스로 말하기도 부끄러웠다. 오리 엔터가 돈이 된다면 뮤지션의 체면 따위는 생각지도 않는 회사라는 것은 충분히 느꼈지만, 이미 계약이 끝난 자신들까지 돈벌이로 이용하려는 모습에 그나마 남아 있던 정마저 떨어질 지경이다.

―그럼 지금 통화 내용과 조금 전에 보낸 메시지, 기사로 내보내도 괜찮을까요?

"괜찮아요. 활동하면서도 인터뷰 몇 번 못 해봤는데… 전화로 인터뷰도 하고 신기하네요."

후의 노래가 좋은 채우리는 모든 것이 다 후 덕분이라 느껴졌고, 이주희는 이미 후의 광팬이기에 대화를 이어가는 둘은 자연스럽게 후 얘기뿐이었다.


        *           *           *


며칠째 대식에게 시달리고 있는 윤후는 카메라만 봐도 멀미가 날 지경이었다.

회사에서 스케줄 때문에 할 얘기가 있다고 해서 빠지지 않았다면 지금도 옆에서 찍고 있을 대식을 생각하며 고개를 저었다.

"저… 형, 저희가 뭐 실수했어요?"

"응?"

"고개를 저으셔서요."

회사에 오면 언제나 그랬듯 자연스럽게 가짜 웃음을 연습하기 위해 지하 연습실로 향했다. 그 때문에 버릇처럼 지하 연습실로 왔고, 대식 때문에 지친 윤후를 보며 세 연습생은 오해를 했다.

"아니야."

"휴, 저희 무슨 방송 잡혔다고 하더라고요."

"축하해."

"감사합니다. 아직 무슨 방송인지는 모르겠고요, 그 방송 끝나면 저번에 수정해 주신 곡으로 데뷔할 것 같아요."

연습생 중 가장 키가 큰 1호가 연습을 하다 말고 옆에 와서 묻지도 않은 말을 했다. 방송에 출연한다는 설렘을 이미 자신은 겪어봤기에 세 사람이 어떤 마음일지 알 것 같았다.

형이라는 소리가 낯설었지만 듣기 좋은 윤후는 고개를 끄덕이며 지금 자신이 느끼는 얘기를 해주었다.

"다른 건 몰라도 대표님이 무슨 TV 하자고 하면 절대 하지 마."

"…네?"

윤후가 설명하려 할 때 호랑이도 제 말 하면 온다는 말처럼 대식이 카메라를 들고 문을 열었다. 그 모습에 절로 주먹을 꽉 쥐고 있을 때 대식이 입을 열었다.

"너희들, 옥탑 사무실로. 그리고 후 씨는 후배들과의 대화가 즐거우셨던 거 같은데요? 무슨 대화를 나누셨죠?"

짜증을 안 내려야 안 낼 수 없게 만드는 대식의 모습에 자신도 모르게 얼굴을 한껏 찌푸렸다.

대식이 무표정한 윤후의 표정 변화가 신기해서 그러는 것도 모르고.

"화난 거? 하하하! 너도 올라가야 혀. 어여 가자."

"네."

계단을 올라가는 중에도 뒤에서 계단을 오르는 소감을 물어보는 통에 앞에 가는 연습생들을 제치고 한 걸음에 두세

칸씩 계단을 올랐다.

옥탑 사무실에 도착하자 사무실을 내버려 두고 정자에 앉아 있는 사무실 식구들 모습이 보였다. 활동을 마치고 휴식 기간인 윤송도 보였고, 처음 만나는 회사 소속 가수들도 몇몇 보여 두리번거릴 때, 김 대표가 윤후에게 손짓하며 말했다.

"왔어? 애들도 오고 있지? 일단 와서 수박 먹어."

"네."

"이거 소주 어르신이 사주신 거니까 이따 가면서 잘 먹었다고 그러고."

"네?"

"넌 모르나? 경비 할아버지 성함이 이진술이거든. 경비 할아버지라고 하기 뭐해서 소주 어르신이라고 불러. 하하, 월급날마다 꼭 이렇게 뭘 사다 주신다."

윤후는 이진술이라는 이름에 볼이 떨렸다. 커오면서 자신을 아껴주고 챙겨주며 가르쳐 주던 이건술 할배와 비슷한 이름이었기 때문이다.

하지만 대화를 나눠본 적도 없고, 마음의 방에서 본 할배와는 전혀 다른 외모를 떠올리며 고개를 저었다.

그 모습을 본 김 대표가 수박을 내민 채로 윤후에게 말했다.

"왜, 수박 싫어해?"

"아니요. 왜 부르셨어요?"

"먹어. 먹으면서 말해줄게."

회사의 모든 식구들이 수박을 먹는 모습을 보며 김 대표가 서로를 소개시켜 주고서 큰 소리로 입을 열었다.

"이번에 파일럿 프로그램 하나 할 거야."

사무실 직원들은 이미 아는 얘기인지 듣는 둥 마는 둥 했다. 그 모습을 본 윤후는 별로 중요하지 않는 일이라고 생각했다.

"들리는 얘기로는 SBC 주말 황금 예능 시간대에 확정된 프로그램이야. 거기에 우리 회사가 나가게 됐다."

"우와와!!"

윤후는 알 리 없겠지만 김 대표는 물론이고 이종락까지 공들여서 어렵게 잡은 기회였다. 하지만 윤후는 예능에 대해 전혀 관심도 없고 앞으로도 나가고 싶은 생각도 없기에 멍하니 수박씨를 발라내고 있었다.

"무슨 프로그램인데요? 우리 회사 전부 나가는 거예요?"

"에이, 우리 나가면 시청률 똥망이지. 일부가 나가거나 엑스트라 아닐까?"

김 대표는 소속 가수들의 잡담에 박수를 치며 시선을 집중시키고는 앉아 있는 사람들을 천천히 둘러보며 웃었다.

다들 자신을 쳐다보고 있었지만, 전혀 신경 쓰지 않고 수박

씨를 발라내는 것에만 열중하고 있는 윤후를 보며 피식 웃고는 다시 입을 열었다.

"경연 프로그램이긴 한데 기존의 경연 프로그램과는 조금 다를 거야."

"에이, 그럼 우린 못 나가겠네요. 공연이나 해야겠다."

"아니. 이번에는 못 나가도 정규 편성 받게 되면 나갈 수 있을 거거든. 하하하하!"

다들 서로를 바라보며 미소를 지었고, 그 모습을 본 김 대표는 뿌듯한 얼굴로 고개를 끄덕였다.

"일단 무슨 내용이냐 하면, 쉽게 말해서 기획사들 간의 경연. 각 주마다 다른 콘셉트로 기획사에 소속된 가수들이 경연하는 거지. 기획사의 가수 팀 하나에 더해서 프로듀서 팀."

"우린 프로듀서 없잖아요. 전부 이 PD님네서 녹음하거나 아니면 개인플레이인데."

"걱정하지들 마라. 그래서 강유도 우리 소속이야! 영입했다!"

"에이, 거짓말. 강유 형님이 대표님 싫어하는 거 뻔히 아는데."

"뭘 싫어해? 이 자식들이! 나랑 강유랑 30년 친구야! 싫어하는 척하는 거지. 진짜야. 이제 이름만 같은 게 아니라 우리랑 식구니까 그렇게 알아."

그간 봐온 두 사람은 만날 때마다 티격태격하긴 했지만 확실히 친구가 맞긴 맞나 보다 하고 다들 생각했다.

"일단 첫 방송 콘셉트가 각 소속사의 연습생의 실력을 보는 거거든. 스튜디오 녹화 첫날에 프로듀서가 뽑은 후 장르를 정하고 거기에 맞게 준비하면 되는 거지."

연습생들은 자신들이 나갈 프로그램이 김 대표가 지금 말하고 있는 것이라는 걸 알았다.

자신들만 무대를 한다면 모를까 회사의 대표로 나간다는 말을 들으니 겁부터 났다.

"저… 대표님, 저희가 나가요?"

"응. 우리 회사에 연습생이 너희뿐이잖아. 봤지? 대표의 안목으로 연습생을 준비해 놨더니 이런 방송도 출연하고. 대단하지 않냐, 나?"

"저희가… 나갔는데 망해서 회사에 피해 주면 어떡하죠?"

"망하긴 왜 망해? 걱정하지 말고 하라는 대로만 잘하면 된다. 우리 같은 지붕 아래 같이 생활하는 식구잖아? 식구끼리는 그런 거 걱정 안 해도 돼. 어려울 때 같이 헤쳐 나가야지. 안 그래, 윤후야?"

수박씨를 발라내던 윤후는 그제야 김 대표를 보며 고개만 끄덕거리고 다시 하던 일에 열중했다.

"그래서 하는 말인데… 윤후 너, 강유랑 같이 프로듀서 팀

안 할래?"

"아니요."

김 대표는 생각도 안 해보고 바로 '아니요'라고 말하는 윤후 때문에 곤혹스러웠다. 돈도 안 되는 음악 프로그램은 두말없이 승낙했는데, 첫 예능 무대에서의 통편집 때문인지 예능은 나가길 꺼렸다.

김 대표는 이 방송을 통해서 실력보다 묻히고 있는 것 같은 윤후의 노래도 조명받게 하고 싶었다.

자신이 생각하던 그림이 스케치부터 어긋나는 것 같아 곤란해할 때, 옆에서 지켜보던 대식이 윤후를 보며 물었다.

"대표님 제안을 신인 주제에 기가 막히게 깐 소감은?"

"아, 대표님, 이거 카메라 좀 그만 찍게 하면 안 돼요?"

"알았어. 대식아, 그만 좀… 음……."

윤후는 말을 하다 말고 자신을 보며 입가가 올라가는 김 대표를 보니 뭔가 불안했다.

아니나 다를까, 콧구멍까지 벌렁거리며 대식에게 엄지를 내밀고는 윤후에게 말했다.

"어쩌지? 한 달 정도는 더 찍어야 하는데… 네가 만약 프로듀서 팀을 한다면 바빠서 못 찍을 거 같기도 하고……."

눈에 보이는 뻔한 수작에도 고민이 되었다. 그 정도로 대식이 괴롭혔고, 오히려 프로듀서를 맡는 것이 편할 것 같다는 생각도 들었다. 윤후가 고민하고 있다는 걸 눈치챈 김 대표가 쐐기를 박으려는 듯 말했다.

"강유가 너랑 같이하고 싶다고 해서 온 건데… 어쩌나. 윤후 안 한다고 하면 강유도 안 하고, 강유가 안 하면 우리는 출연 무산되고, 출연 무산되면 연습생 애들도 TV에 못 나오고, TV에 못 나오면……."

"횬 니 하기 싫으며는 안 하는 게 남자이므니다. 우리 반송 아니해도 괜찮스므니다."

김 대표는 갑자기 끼어든 에이토의 입을 급히 막고 윤후의 대답을 기다렸다.

그러나 곧 윤후가 무슨 생각을 하는지 알 수 없어 답답함을 느끼곤 먼저 물었다.

"통편집당할까 봐 그래? 걱정하지 마. 이번에는 무조건 나올걸? 안 나올 수가 없지. 프로듀서랑 가수가 한 팀인데."

"그런 거 아니에요."

"그럼 뭐 때문에 고민하는 거야? 말 좀 해봐."

윤후는 천천히 고개를 돌려 세 연습생을 손가락으로 가리키며 말했다.

"잘 못하잖아요. 질 거 같은데요?"

이미 '돌아온 싱어' 때도 지기 싫어서 다른 편 하고 싶다던 윤후의 성격을 잠시 잊고 있던 김 대표는 그제야 이유를 들고는 기가 찼다. 처음으로 받은 연습생이기에 꽤 많은 신경을 쓰고 있어서 연습생들의 실력을 충분히 알고 있었다. 윤후가 대놓고 못한다고 말할 정도는 아니란 생각이다.

"쟤네 잘해. 일단 1번은… 아니, 너 때문에 나도 1번이라 그러네. 동성이는 오디션 프로그램에서 톱 텐 직전까지 갔다가 안타깝게 떨어졌고, 그리고 준희는 KM 연습생 출신이야. 잠깐 있었다 하더라도 애들이 그 정도 수준인데."

세 명의 연습생은 자주 자신들을 지켜보던 윤후의 입에서 못한다는 말이 나오자 충격을 받은 듯 보였다.

지금까지 윤후의 실력을 봤고 제일 자주 듣는 음악도 윤후의 곡이기에 내심 어떤 평가를 내릴지 궁금했다. 근데 저렇게 생각할 줄은 꿈에도 몰랐다.

윤후는 충격받은 듯 멍하니 자신을 보는 세 연습생을 한 명씩 손가락으로 가리키며 입을 열었다.

"1번은 2, 3번에 비해 너무 튀어요. 노래 잘한다는 걸 너무 티내서 2, 3번이 묻히고 게다가 발음을 너무 뭉개서 듣기 불편할 때도 있어요. 담백하게 불러야 하는 부분도 에이토보다 더 외국인처럼 불러요."

지적을 받은 1번 동성이 붉어진 얼굴로 고개를 끄덕였다. 그 모습에 윤후는 조금 전까지 형이라고 부르던 1번의 모습을 보며 미안한 마음이 들었다. 그래서 좀 더 말을 붙였다.

"그래도 셋 중에 노래는 제일 잘해요. 차라리 요즘 나오는 열댓 명 중에 메인 보컬로 잠시 목소리 나오는 게 더 어울렸을 것 같네요. 그리고 3번은 1, 2번하고 음역대가 너무 차이나요. 베이스 톤인데 베이스가 불안정해서 기둥이 흔들려요. 그래도 제가 연습실 가는 이유는 3번 때문이에요. 감정을 제일 잘 담아요."

3번 준희는 갈피를 못 잡는 얼굴로 자신의 등을 두드리는 나머지 멤버들을 보며 고개를 끄덕였다.

마지막으로 남은 에이토는 윤후의 말을 경청하려는 듯 초롱초롱한 눈빛으로 윤후를 쳐다봤다.

"에이토는 잘해요."

"횬 니……."

에이토는 그 말에 항상 윤후를 우러러보던 눈빛을 넘어 신을 보듯이 쳐다보았다.

윤후의 신자 한 명이 탄생하는 순간이었다.

*　　　*　　　*

대표실에서 통화 중인 오리 엔터의 이 대표는 일그러진 얼굴과 달리 통화하는 목소리는 웃고 있었다. 옆에는 A&R 팀장이 긴장한 채 이 대표를 쳐다보며 통화가 끝나기를 기다리고 있었다.

"네, 편집장님. 감사하죠. 하하! 그럼 다음에 뵙겠습니다."

통화를 마친 이 대표는 A&R 팀장을 보며 손가락으로 의자를 가리켰다. 그제야 의자에 앉는 팀장을 보며 나지막한 목소리로 말했다.

"그래서 애들이랑 재계약이 힘들 것 같다고?"

"네, 워낙 완강해서……."

"잘됐어. 그런 배은망덕한 년들하고 계약 안 해도 되니까."

"네, 그럼 다시 올라온 영상은 어떡할까요?"

"그거 신경 꺼. 채우리가 기자하고 절대 재계약 안 한다고 인터뷰했거든. 이미 계약이 끝난 가수의 곡까지 주인 행세 하려는 기획사라고. 일단 막기는 했어. 이주희? 이년, 블랙리스트 올리고 절대 밥 주지 말고. 다른 회사들에도 말해놔. 기획사 칠 기자 년이라고. 어디서 연예 기자라는 년이 밥 벌어먹기 싫은가. 감히 기획사를 건드려?"

A&R 팀장은 수첩에 이주희의 이름을 적고서 입을 열었다.

"그리고 피버랑 계약했습니다."

"그래? 안 좋은 소문 있던데… 문제는 없지?"

"네, 일단 얼굴이 알려진 프로듀서가 필요해서 계약한 거니까 걱정 안 하셔도 됩니다."

"그래. 그리고 이따 매형네 회사에서 연습생 애들 올 거니까 탈 안 나게끔 잘해. 쓰고 돌려줘야 하니까."

사람을 마치 물건으로 보는 듯한 이 대표의 말에 팀장은 씁쓸한 얼굴로 고개를 끄덕이며 방을 나섰다.

*     *     *

김 대표는 놀란 얼굴로 에이토를 쳐다봤다. 눈에서 빛이라도 나올 것처럼 윤후를 쳐다보며 고개 숙여 인사하고 있었다. 그 모습을 보며 윤후에게 조심스럽게 물었다.

"너, 에이토가 맨날 형님, 형님 해서 그러는 건 아니지?"

"설마요······."

"에이, 대표님도. 윤후가 그럴 애인가요?"

윤후의 평이 상당히 의심스러웠지만, 주변 사람들의 그럴리 없다는 말에 의심을 털어내듯 고개를 저었다. 그러고서 윤후를 보며 말했다.

"네 마음에 들게 알려주면 되잖아. 송이 기타 가르쳐 주던 것처럼."

"흠."

윤후와 눈이 마주친 윤송은 그때의 기억이 떠올랐는지 손가락이 아린 것처럼 느껴졌고, 연습생 세 명이 안쓰럽게 보였다.

잠시 고민하던 윤후는 연습생들을 차근차근 보더니 고개를 끄덕거렸다.

"알았어요. 대신 'Who TV' 안 해요."

"알았어. 하하! 아, 좀 아쉽네. 한 달 정도는 더 해야 되는데……."

재미도 없고 말도 없는 윤후만 계속 나오는 영상이 재미있을 리 만무했고, 윤후의 얼마 되지 않는 팬클럽을 제외하고는 보는 사람도 없었기에 안 그래도 그만하려는 참이었다. 윤후는 기쁜 듯 대식을 보며 손가락으로 카메라를 끄라는 시늉을 했다.

그 모습을 본 김 대표와 사무실 식구들은 웃음을 참으며 고개를 돌렸다.

기획사 식구들이 모두 자리를 떠날 때, 김 대표가 조용히 윤후를 불렀다.

김 대표와 옥상에 단둘이 남게 된 윤후는 혹시 또 이상한 일을 시키려는 건 아닐까 하는 생각에 귀찮아하는 기색이 역력했다.

김 대표는 그런 윤후의 모습을 보고 피식 웃으며 말했다.

"야, 인마. 인상 풀어라. 하하! 그런 거 아니야."

"네."

김 대표는 난간에 기댄 윤후의 옆에 서서 툭 내뱉듯 말을 꺼냈다.

"오리 엔터에서 찾아왔었다며?"

"네."

"직접 찾아갈 거라곤 생각도 못 했네. 네 영상 다시 올라온 거 보면 잘 안 풀린 모양이야. 걱정하지 말라고."

"네."

"그리고 오리 엔터랑 부딪치면 절대 네가 나서지 마. 너 귀찮을까 봐 쌍둥이 붙여준 거니까. 그 새끼들, 더러워도 엄청 더러워."

"굉장히 싫어하시네요."

김 대표에게서 처음 느껴보는 기분이다.

아빠 정훈과 다섯 명의 인격을 제외하고 자신을 진심으로 대하는 사람은 오직 이강유뿐이었는데, 지금 김 대표에게서도 비슷한 느낌을 받고 있었다.

김 대표의 얼굴을 빤히 쳐다보니 김 대표가 멋쩍은 듯 웃으며 말했다.

"인디 애들이 생각보다 힘들어. 자기들이 하고 싶은 음악을 하니까 돈도 안 되고 인기도 없거든. 뭐… 너처럼 아무거나 가리지 않는 애들도 있지만 대부분 좀 독립적인 생활을 하고 싶어 해. 우리 회사도 그런 애들 지켜주고 싶어서 만든 거고. 돈은 뭐 공연 수익만으로도 먹고살 정도는 되니까."

윤후도 다른 기획사를 알지는 못하지만 지금 자신이 있는 라온 엔터처럼 편하게 하고 싶은 음악을 하게 하는 회사는 없을 것 같았다.

"그런데 갑자기 우리랑 같이 있던 애들이 다른 회사에 가더라. 그러고는 TV에 몇 번 얼굴을 비추더라고. 그런데 어느 날 홍대 바닥에서 우연히 기타 치던 놈을 만났어. 도망가던 놈을 붙잡고 한참을 얘기하고서야 알았지. 오리 엔터에서 인디 밴드들을 모아놓고 프로젝터란 형식으로 그중 잘나갈 것 같은 애들만 골라 그룹을 만든다는 걸. 나머지 애들은 아무것도 할 수 없게 만들어놓고 말이야. 게다가 회사에 계약되어 있으니까 아무것도 못해. 그냥 손가락만 빨고 있어야 돼."

"흠."

김 대표의 말을 듣던 윤후는 오리 엔터의 사람을 만났을 때 느낀 기분이 떠올라 불쾌했다.

음악은 즐기는 것이며 사람들과 음악으로서 대화하는 거라고 배워온 윤후는 김 대표의 말이 충분히 이해됐다.

"게다가 그 프로젝터 그룹이 인기가 없지? 그럼 바로 해체야. 그리고 계약한 순간 인디 밴드는 인디 밴드가 아니야. 자기네들 노래를 부르고 싶어도 못 불러. 회사에 소속된 작곡가가 주는 노래로만, 아니면 편곡이라도 해서 꼭 회사에 돈이 들어오게끔 해놔. 안 그러면 노래 안 시키더라. 얼마나 하고

싫겠어. 기획사라는 우리에서 노래라는 먹이로 말 잘 듣게 뮤지션들을 훈련시키는 거야. 정말 더럽지?"

김 대표는 윤후의 눈을 쳐다보며 등을 두드렸다.

"그러니까 이번에 다른 곳은 몰라도 오리는 꼭 이기자. 혹시라도 오리랑 부딪칠 일 있으면 절대 나서지 말고 대식이 부르고. 그럼 가봐. 대식이 기다리겠다."

윤후가 옥상 문을 열고 나가는 모습을 보고서야 김 대표는 사무실로 향했다.

오랜만에 옛 생각을 해서인지 김 대표의 얼굴은 생각이 많아 보였다.


*　　　　　*　　　　　*


이주희는 인터넷 신문사이기에 알력이란 것이 있긴 있어도 크지는 않을 것이라 생각했지만, 자신의 생각이 틀렸다는 것을 깨달았다.

부장이 허락한 기사가 편집부에 넘어간 뒤 적절치 않다는 이유로 되돌아왔다. 게다가 어찌 된 일인지 그 기사를 작성한 이후로 취재가 쉽지 않았다.

인턴을 거치고 정기자가 되며 최소한 남의 기사를 베끼는 기자는 되지 말자는 다짐이 무너져 버릴 만큼 아무것도 할 수 없었다.

심지어는 약속을 잡은 인터뷰마저 취소되는 경우까지 있었
다.

"이주희 너, 요새 뭐 하고 다니냐?"

"후, 선배님 오셨어요?"

"너 악덕 기획사 기사 올렸다며?"

"네. 근데 바로 까였어요."

"당연하지. 그런 일 가지고 기획사 까면 앞으로 연예 기사
못 쓰지. 너 요새 취재 힘들지?"

"네, 어떻게 알았어요?"

"으이구, 너 블랙리스트 올랐나 보네. 당분간 넌 따까리나
하겠다. 한 방에 망하지 않거나 성 상납 정도로 큰 문제가 아
니면 웬만해서 기획사는 안 건드리는 게 관례야. 멍청아, 니
사수가 그런 것도 안 가르쳐 줬어?"

그녀는 같이 일하는 선배가 혀를 차며 사라지는 모습을 멍
하니 쳐다봤다. 기획사들에게 밉보여 자료를 전혀 받지 못하
던 기자 얘기는 들어봤지만, 설마 자신이 그런 일을 당할 줄
은 꿈에도 몰랐다.

이주희는 생각하면 할수록 화가 치밀어 주먹 쥔 손을 머리
위로 올리고 부르르 떨었다.

"더럽다, 더러워! 이 더러운 자본주의!"

이주희가 취재 가방을 들고 자리를 박차고 일어설 때, 휴대 전화의 벨소리가 들렸다.

모르는 번호에 약간의 걱정이 생겼지만, 혹시 취재거리일 수도 있을 거라 생각하며 전화를 받았다.

"네, 나이스데이 이주희 기자입니다."

―아, 안녕하세요, 기자님. 라온 엔터 이종락입니다.

"네! 안녕하세요. 어쩐 일이세요?"

―하하, 다름이 아니라 바쁘신 거 알지만 부탁드릴 일이 있어서 전화드렸습니다.

자신이 좋은 기사를 써주던 라온이라고 해도 이미 얘기를 들었을 터인데 무슨 부탁을 하려나 생각하던 중 전화기 너머로 목소리가 들려왔다.

―이번에 저희도 '기획사 전쟁'에 나가게 되었거든요. 그런데 대부분 저희 같은 작은 기획사는 저희가 보낸 보도 자료 말고는 인터뷰를 안 하셔서요. 그래서 실례가 안 된다면 이주희 기자님께 부탁드리······.

"제가 할게요! 제가 꼭 하고 싶습니다! 후 님도 참여하죠?"

―하하! 물론이죠. 프로듀서 팀으로 합류할 것 같습니다.

이주희의 일그러져 있던 얼굴이 언제 그랬냐는 듯이 활짝 펴지며 나이스를 연발했다. 그녀는 후의 팬이 되길 잘했다고 생각하며 전화기에 대고 말했다.

"지금 갈게요."

—네? 다음 주부터 촬영…….

이주희는 전화를 끊고 바로 가방을 챙겨 자리에서 일어섰다. 후의 노래를 크게 부르며 나가는 이주희의 모습에 신문사에 있던 사람들은 결국 미쳤다며 고개를 저었다.

*　　　　　*　　　　　*

윤후는 옥상에서 한 대화를 떠올리며 주차장으로 가려고 터벅터벅 계단을 내려갔다.

평소처럼 회사와 전혀 어울리지 않는 작은 경비실을 지나쳐 가는데 김 대표가 한 말이 떠올랐다.

그런데 인사를 건네려 경비실을 봤지만 경비 할아버지는 어디를 가셨는지 비어 있었다. 윤후가 어쩔 수 없이 뒤돌아 가려 할 때 주차장에서 들어오는 이주희가 보였다.

"후 님!"

윤후는 이주희가 올린 영상을 보며 자신의 팬카페가 창설됐다는 것을 알게 되었다. 좀 더 찾아보니 자신의 첫 기사 또한 이주희가 작성했다.

기자라고는 하나 우호적이라는 생각에 이주희를 보는 윤후의 눈빛이 부드러웠다.

"안녕하세요?"

"스케줄 있으세요? 이번 '기획사 전쟁' 때문에 왔어요!"

"네."

"헤, 그럼 일단 좀 올라갔다가 나중에 뵐게요. 저 후 님 따라다녀도 되죠? 아니, 꼭 따라다닐게요. 그럼 나중에 봐요."

계단을 올라가면서도 정신없이 말을 내뱉으며 손을 흔드는 이주희를 보고 고개를 끄덕여 인사를 보냈다.

더 힘차게 손을 흔드는 이주희의 모습에 피식 웃고는 뒤로 돌 때 경비실 문을 열고 들어가는 할아버지가 보였다.

"안녕하세요?"

윤후의 인사에 경비 할아버지는 윤후의 얼굴을 확인하고는 같이 고개를 숙여 인사했다.

윤후는 아까 김 대표가 말한 경비 할아버지의 이름을 떠올리며 혹시나 연관이 있지 않을까 하는 생각에 조심히 살피며 인사를 건넸다.

"어르신, 수박 감사히 잘 먹었습니다."

정중한 윤후의 모습에 경비 할아버지는 부담스럽다는 듯이 손사래를 쳤다. 그러고는 윤후의 얼굴을 쳐다보더니 미소를 짓고 말했다.

"그 친구군요? '약속' 부른 친구. 정말 잘 듣고 있어요."

갑작스러운 말에 할아버지를 살펴보던 윤후는 조금 놀랐

다. 아무리 같은 회사에 있더라도 자신의 노래를 들었을 거라고는 생각지 않았는데, 제목까지 말하는 모습에 감사한 마음이 들었다.

경비 할아버지도 윤후의 마음을 느꼈는지 웃는 얼굴로 윤후에게 속삭였다.

"대표님이 매번 노래 나올 때마다 들려주거든요. 다른 가수들 노래는 시끄럽고 정신 사납기만 한데… 후 학생 노래는 어쩜 그렇게 우리 형님이 한 말이 떠오르던지. 하하! 대표님에게는 비밀입니다."

친근하게 대하는 모습이 어째서인지 전혀 낯설게 느껴지지 않았다. 하지만 까칠하던 기타 할배와 앞에 보이는 온화한 경비 할아버지의 닮은 점은 전혀 보이지 않았다. 외모부터 성격까지.

기타 할배였다면 대놓고 말했을 터이지만 그와 다르게 주변을 살피며 속삭이는 모습에 윤후는 미소를 짓고 고개를 끄덕였다.

"좋게 들어주셔서 감사해요."

"감사하긴요. 앞으로도 좋은 노래 부탁드립니다."

윤후는 혹시라도 무슨 연관이 있지 않을까 하는 추측은 아닌 것 같다고 생각했지만, 지금 경비 할아버지가 주는 느낌도 좋았다. 지금 받는 이 느낌을 곡으로 쓰면 좋을 것 같다는 생각이 들었다. 그때, 경비 할아버지의 목소리가 들렸다.

"매니저님이 한참 전부터 기다리시는 것 같더라고요."

얼굴에 미소를 머금은 채 주차장을 가리키는 경비 할아버지의 말에, 윤후는 얼굴에 미소를 담고 고개를 숙여 인사한 후 주차장으로 향했다. 그 모습을 가만히 지켜보던 경비 할아버지가 쓸쓸한 얼굴로 혼잣말을 뱉었다.

"형님, 형님이 들었다면 좋아할 만한 친구 같은데 뭐 그렇게 바쁘게 갔수. 그 잘난 기타라도 주고 가지 그랬수."

할아버지는 윤후의 뒷모습을 보며 낡은 지갑을 꺼냈다. 그리고 지갑에서 오래되어 보이는 사진 한 장을 꺼내 주름진 손으로 쓰다듬으며 들여다봤다.

경비 할아버지가 보고 있는 사진에는 공방으로 보이는 곳에서 기타를 들고 환하게 웃고 있는 형과 뭔가 못마땅한 듯 인상 쓰는 자신의 모습이 담겨 있었다.

"열심히 배워둘 걸 그랬수. 공방도 못 지키고 약속도 못 지켜서 미안하우, 형님."

그는 차에 올라타고 있는 윤후가 메고 있는 기타를 보자 더 옛 생각이 나는지 눈가를 훑으며 경비실 문을 열었다.

Chapter 2
괴물 등장

꽤 많은 사람들이 있음에도 여유가 있을 만큼 큰 대기실이었지만, 분위기만큼은 전혀 여유롭지 않았다.

심지어는 김 대표와 프로듀서로 합류한 강유까지 긴장했는지 연신 물을 들이켜고 있었다.

김 대표가 물을 마시다 말고 의자에 몸을 기댄 채 휴대폰을 만지고 있는 윤후를 보며 물었다.

"윤후야, 넌 긴장도 안 돼?"

"전혀요."

윤후가 대수롭지 않게 내뱉은 대답에 김 대표는 역시 윤후라며 믿음직스러했다.

솔직히 윤후의 실력이라면 지금 자신이 굳이 이렇게까지 떨 필요가 있는가 하는 생각이 들었다.

불안감을 털어내며 윤후의 옆으로 다가가 앉았다.

"그렇지? 뭐 별일 아니지?"

"그렇죠. 안 봐도 질 건데."

"뭐, 인마? 너 지면 'Who TV' 두 달!"

강유는 윤후가 얼마나 'Who TV'를 싫어하는지 알기에 김 대표의 말에 피식거리며 긴장을 풀었다.

삼인조 연습생은 그런 대화가 귀에 들어오지 않는 듯 정면 만을 주시하고 있었다. 단지 각 기획사의 곡 장르 추첨을 위한 짧은 스튜디오 녹화일 뿐이다. 그럼에도 마치 자신들이 무대라도 서겠다는 듯 목을 가다듬는 모습이었다.

김 대표가 연습생들을 보며 한숨을 내쉬고는 말을 뱉었다.

"너희들, 오늘 인터뷰뿐이 안 한다니까? 인터뷰도 시킨 대로만 하면 돼. 너희들은 잘 웃잖아. 누구처럼 웃는 게 이상한 것도 아니잖아."

김 대표는 놀리는 말에도 무덤덤한 윤후를 보며 고개를 젓고는 휴대폰만 만지작거리고 있는 윤후의 어깨를 툭 쳤다.

"다른 건 몰라도 인터뷰는 강유랑 같이하니까 절대 혼자 말하지 마. 알았지?"

"네."

"그래. 뭐 그렇게만 하면 방송에 쓰고 싶어도 못 쓰겠지."

서로 긴장을 풀기 위해 대화를 나눌 때 노크를 하며 FD가 들어왔다.

"라온 프로듀서 팀 인터뷰할게요."

강유와 윤후는 주섬주섬 일어서서 FD를 따라나섰다.

윤후는 옆에 앉아 있기만 하라는 김 대표의 명 때문인지 아무 생각 없이 강유와 함께 걸었다.

도착한 곳에서는 다른 기획사로 보이는 사람들이 인터뷰를 하고 있었다.

"OJ도 프로듀서로 나오는구나. OJ 알지?"

"네, 2013년 이후로 히트곡은 없지만 음악 자체는 좋더라고요."

"후… 그래."

강유가 'OJ'도 대수롭지 않게 여기는 윤후의 모습에 피식 웃고 있을 때 앞 팀의 인터뷰가 끝났다.

윤후와 강유는 가슴에 라온 PD라는 큰 명찰을 붙이고 의자에 앉았다. 그리고 잠시 뒤 작가로 보이는 여성의 인터뷰가 시작되었다.

"혹시 신경 쓰이는 기획사나 라이벌로 여기는 기획사가 있나요?"

"신경은 전부 쓰이죠. 다들 내로라하는 기획사들이잖아요?"

강유의 모범적인 인터뷰는 계속되었고, 작가는 윤후도 그림을 담아야 한다며 대답을 부탁했다.

불안해하는 강유의 얼굴과 달리 윤후는 무덤덤하게 고개를 끄덕였다.

"프로듀서 중에 유일하게 현직 가수에다 요즈음 인기도 얻고 있는 중인데… 후 씨가 이번에 참여하게 된 이유가 실력보다 인기로 승부에 영향을 주기 위해서라는 말이 있는데요, 어떻게 생각하시나요?"

"그랬으면 좋겠네요."

"네? 아, 그럼 다른 기획사에 알고 있거나 평소 친분을 가지고 계신 프로듀서님이 계신가요?"

"모르죠. 아는 분도 없고요."

"그럼 추첨을 하기에 앞서 제일 자신 있는 장르와 꺼리는 장르는요?"

"음, 그런 거 없어요. 어차피 연습생들이라 아직 부족해서 뭘 해도 비슷할 거예요."

"그럼 경연 준비 열심히 하시길 바랍니다."

"네."

윤후가 말을 마치자 옆에서 조바심을 내며 지켜보던 강유가 한숨을 내뱉었다. 다행히 별 탈 없이 마무리된 것 같아 윤후와 주먹을 맞대고 씩 웃었다. 그리고 자신들이 마지막이었다는 얘기와 함께 바로 스튜디오 녹화장으로 가면 된다는 관계자의 말을 들었다.

"우리가 제일 꼴찌인가 보네. 인기순인가? 하하하!"

"우리가 제일 작죠?"

"아마도? 아까 보니까 KM이랑 숲 엔터도 와 있는 거 같더라고. 거기에 비하면 라온은 뭐… 가수도 적고 여기에 낀 것도 신기할 정도지."

강유는 윤후의 어깨에 팔을 올리고 웃으면서 말을 이었다.

"애들 방송이라도 타보게 해주고 싶어서 기상이가 고생했겠지."

"흠."

그렇게 믿음은 가지 않았지만, 그래도 큰 방송을 잡은 김 대표가 고생했을 것을 알 수 있었기에 고개를 끄덕거렸다.

잡담을 나누며 걸으니 어느새 스튜디오에 도착했다. 상당히 넓은 스튜디오에는 아직 모두 도착하지 않아서인지 빈자리가 많아 보였고, 제일 구석에 낯익은 인물 세 명이 함께 뭉쳐 잔뜩 얼어 있는 모습이 눈에 들어왔다.

"땡."

윤후의 말에 연습생들은 조금 전까지 같은 대기실에 있었는데도 오랜만에 본 것처럼 자리에서 일어나 인사를 했다.

윤후는 자연스럽게 자신의 이름이 붙어 있는 의자에 앉았고, 강유는 세 연습생을 다독거리느라 바빴다.

잠시 후, 각 기획사의 출연자들이 자리를 채우기 시작했다. 윤후는 자신을 지나쳐 자리를 찾아가는 사람들을 가만히 보고 있었다.

이름을 듣는다면 만든 곡이나 참여한 곡을 알 수 있을 테지만, 얼굴만 봐서는 전부 처음 보는 얼굴이었다.

"후야, 킹스터 알아?"

"얼굴은 몰라도 노래는 알죠. 힙합치고 리프 멜로디가 탄탄해서 자주 들어요."

"저기 숲 엔터 PD가 킹스터인데, 오자마자 너 쳐다보길래 아는 얼굴인가 했지."

"음? 모르는데."

킹스터라는 사람은 윤후와 눈이 마주치자 고개를 까딱이며 인사를 건넸다. 윤후도 그와 비슷하게 인사를 하고 그의 뒤에 있는 연습생들을 한번 둘러보고서 시선을 거뒀다.

"처음 보는 사람이에요. 아마도 저희처럼 남자 연습생들로만 나와서 그런가 보죠."

"흠, 그런가?"

별생각 없이 기다림이 계속될 때, 전직 아나운서이자 현직 프리랜서인 MC 안호성이 올라와 모두에게 인사를 건네고 나자 녹화를 시작한다는 말이 들렸다. 안호성의 오프닝 멘트가 이어진 뒤 각 소속사의 짧은 인사가 있었고, 윤후의 시선을 잡는 인사말이 들렸다.

"안녕하세요. 오리의 PD 피버입니다. 이 자리에 참여한 것만 해도 영광이지만, 기왕이면 1등 할 수 있도록 노력하겠습니다."

예전 자신의 뒤에 앉아 있는 연습생들에게 표절 곡을 건네 준 작곡가 겸 프로듀서였다. 뭐 저런 사람도 나오나 하는 생각에 자신도 모르게 고개를 저었다.

최소한 꼴찌는 면할 것 같은 느낌이 들었다.

제일 왼쪽에서 시작된 인사는 제일 오른쪽의 라온에게 넘어왔다. 라온에서는 강유가 인사를 하고 겸손한 포부를 밝히며 무사히 넘어갔다.

인기 순인지 소속사의 크기순인지 인사는 가운데 쪽으로 향했고, 윤후를 쳐다보고 있던 숲 엔터의 킹스터 차례가 되었다.

"숲 킹스터입니다. 연습생들이 흘린 땀의 차이와 프로듀서의 차이를 확실히 보여 드리겠습니다."

킹스터의 말이 끝나는 순간 각 소속사의 프로듀서들이 킹스터를 쳐다보며 얼굴을 찌푸렸다. 지기 싫어하는 성격의 윤후 역시 그 말을 듣곤 울컥했지만, 킹스터의 뒤에서 환호하며 응원하는 숲 소속 연습생들과 달리 자신의 뒤에서 그의 말을 듣고 잔뜩 얼어 있는 연습생들을 보니 열기가 식었다.

그때 녹화장의 분위기를 더욱 돋우려는 듯 MC 안호성의 말이 들렸다.

"그럼 각 기획사의 PD님은 앞으로 나와 경연 무대의 장르를 선택하겠습니다. 이미 안내해 드린 대로 장르만 선택할 뿐 기존 곡을 편곡하든 장르에 맞는 신곡을 부르든 상관없습니다. 같은 장르에 기존의 좋은 곡이 있다면 상당히 유리하겠죠? 그럼 제일 처음 소개한 오리 엔터부터 추첨하겠습니다."

윤후 역시도 그제야 관심이 생겼다. 연습생들을 위해서는 R&B나 발라드가 제일 좋을 것이기에 첫 순서인 오리 엔터에서 그것을 뽑지 않길 바라며 쳐다봤다. 하지만 그런 윤후의 바람은 바로 무너지고 말았다.

"오리 엔터테인먼트, 많은 팀이 원하고 제일 치열할 것이라 예상한 3번 R&B! 경연 순서는 세 번째네요. 축하드립니다."

주먹을 쥐고 나이스를 연발하는 피버를 보니 더 아쉽게 느껴졌다. 저런 사람에게는 돼지 목에 진주 목걸이라는 생각을 하며 라온의 차례에 앞으로 나가는 강유를 쳐다봤다. 강유 역시 윤후를 보며 고개를 끄덕거리고는 주먹을 불끈 쥐고 앞으로 나섰다.

"자, 라온 엔터에서 건네준 이 공에는 무엇이 적혀 있을까요? 그것은 바로!!"

윤후를 포함해 연습생들까지 안호성의 입에서 발라드가 나오길 바라며 주먹을 꽉 쥐었다.

하지만 자신들을 보며 환하게 웃으면서 내미는 공을 본 순간 웃고 있는 안호성을 때리고 싶었다.

"그것은 바로 1번 록! 첫 번째 순서가 부담되긴 해도 밴드가 많이 소속되어 있는 라온에서는 록을 뽑은 것이 행운일 수도 있겠네요."

전혀 그렇지 않았다. 차라리 인디 밴드로 나왔으면 기뻐했을 터이지만, 연습생들은 에이토를 제외하고는 기타도 연주하지 못했다.

공평성이란 규칙하에 무대 위에는 각 소속사의 연습생들을 제외하고는 아무도 올라갈 수 없다는 규칙도 문제였다. 물론 MR로 대처가 가능했지만, 록의 생명인 생동감을 주기 위해서는 직접 연주하는 것만큼 좋은 것이 없었다.

자리로 돌아온 강유는 스스로도 알고 있는지 머쓱하게 웃었다.

"아이고, 하필이면 록이네. 하, 하하!"

"잘됐어요. 이왕 질 바엔 확실하게 지면 되죠."

윤후의 말에 라온 팀은 모두 울상이 되었고, 카메라 뒤에서는 김 대표가 강유를 가리키며 목을 긋는 시늉을 하고 있었다.

　　　　　*　　　　　　*　　　　　　*

　강유의 스튜디오에 앉아 있는 연습생들은 아직까지 잔뜩 얼어 있었다. 스튜디오도 처음이고 무엇보다 스튜디오 곳곳에 달린 캠 카메라와 일거수일투족을 작은 카메라에 담고 있는 VJ 때문이었다.

　얼마 되지 않았지만 윤후가 해준 충고가 무엇인지 충분히 느끼고 있었다. 그 때문인지 촬영을 하던 VJ가 입을 열었다.

　"신경 쓰지 마세요. 없는 사람처럼 하시면 돼요. 저분은 잘하시는데……."

　연습생들이 스튜디오 곳곳에 달린 카메라를 계속 힐끔거리기에 더 이상 참지 못하고 말을 내뱉은 VJ였다. 그런 VJ가 가리키는 사람은 윤후였다.

　윤후 옆에도 다른 VJ가 붙어 있었지만 그는 전혀 신경 쓰지 않고 컴퓨터 앞에 앉아 있었다. 강유도 그런 윤후를 신기하게 보며 물었다.

　"넌 신경 안 쓰여? 난 홈그라운드인데도 엄청 신경 쓰인다, 야."

　"질문도 안 하잖아요. 형도 대식이 형이랑 며칠 지내다 보면 괜찮아질 거예요."

대식이 들이미는 카메라에 비하면 지금은 양반이었다. 아무런 질문도 없으면서 하도 찍어댄 통에 이제는 카메라에 익숙해져서인지 크게 신경 쓰이지 않았다.

다만 무슨 곡을 해야 할지 생각하기에 바빴다. 좋은 곡이 떠오르다가도 연습생들을 대입시키는 순간 곡이 무너져 버렸다.

"직접 쓰기에는 시간이 부족한데… 이 곡 한번 들어볼래?"

윤후는 강유가 들려주는 노래를 들으며 고개를 끄덕이다 코러스가 시작되는 부분에서 고개를 저으며 멈췄다.

"동성이 음역이 A4가 최고예요. 더 올라가기도 하는데 불안불안해요."

"그 정도라면 양호한 편인데… 우리나라 록이라고 하면 고음 발사가 돼야 하니까. 흠, 어쩐다. 윤후 네가 쓴 곡 중에는 록 없어? 엄청 썼다며?"

"있죠. 그런데 저한테 맞춰 쓴 거예요. 이 곡을 부르기에는 무리일 것 같은데…….

연습생들은 자신에게 맞춰 썼다는 윤후의 말에 호기심이 일었다. 윤후의 곡을 좋아하는 세 사람은 윤후의 곡으로 방송을 타면 그 곡이 자신들의 곡이 될 거라는 기대를 하며 그를 쳐다봤다. 윤후는 곡이 아깝다고 생각하지는 않았지만, 자신이 아는 저 세 사람은 이 노래를 부를 수 있는 가능성이 전혀 없었다.

"그래도 좀 들려줘 봐."

"흠, 일렉 기타 없죠? 잠깐만 컴퓨터 좀 쓸게요."

윤후는 컴퓨터 앞에 앉아 익숙하게 시퀀서 프로그램을 켜고 트랙을 만들어갔다.

꽤 오랜 시간이 걸리는 작업이기에 연습생들은 노래만 들어보길 원했지만 그 말은 내뱉지 못하고 그냥 기다릴 뿐이었다.

하지만 연습생의 생각과 달리 엄청난 속도로 트랙들을 쌓아가던 윤후는 확인 작업도 하지 않고 저장하며 말했다.

"다 됐어요. 리얼 녹음은 아니지만 그냥 들어보기에는 무리 없을 거예요."

강유 역시 기대가 되는지 윤후의 말이 끝나기 무섭게 노래를 재생시켰다.

조용한 가운데 일렉 기타 소리가 록에 어울리지 않는 멜로디를 연주하는 걸로 시작되더니 음을 길게 늘어뜨리는 서스테인이 들린 후 베이스와 드럼이 추가되었다.

살짝 촌스럽다고 느껴지려는 어느 순간 처음과 전혀 다른 연주가 시작되었다. 직접 연주하기에 엄두도 내지 못할 빠른 속도의 기타가 모든 악기의 선봉에서 이끄는 듯한 소리였다.

음악을 듣고 있던 스튜디오의 사람들과 윤후를 담고 있는 VJ 역시 기타 소리를 따라가야 할 것 같은 착각이 들 정도였다.

숨 가쁘게 이어진 연주는 잠시 숨을 고르려는 듯 베이스와 드럼 소리만 들렸다. 음악을 들을수록 자신도 모르게 긴장되며, 다음에 터질 연주를 미리 대비하게 만든 부분처럼 느껴졌다.

아나나 다를까, 잠시 뒤 모든 악기가 한꺼번에 터지면서 숨 막힐 듯한 속도의 연주가 시작되었다.

반복되는 리프 코드임에도 불구하고 연주를 듣고 있던 사람들은 마치 자신들이 연주를 하는 듯 입술을 꽉 깨물고 고개를 빠르게 흔들었다.

어떻게 보면 5분은 짧은 시간이지만, 그래도 요즘 나오는 곡들과 달리 긴 편에 속했다. 하지만 곡이 끝났음에도 정신을 차리지 못한 사람들은 5분이 너무 짧게만 느껴졌다.

강유 역시 흠뻑 취해 있었고, 겨우 정신을 차리고 윤후를 쳐다봤다.

"이거 완전 메탈이네."

"맞아요, 메탈. 헤비메탈까지는 아니지만."

"이거 언제 만든 곡인데?"

"음, 메탈을 한참 많이 들었을 때가 열일곱 살이니까 그때쯤 만들었어요. 아이론 메이든에 꽂혀 있었거든요."

"하, 하하하, 어쩐지. 와, 정말 흡입력은 끝장난다. 그런데 기타도 트랙 보니까 석 대 같은데… 절대 연주는 못하겠네."

연습생들이 아무리 노력해도 2주 만에 윤후가 들려준 곡처럼 연주가 가능할 리 없었다. 심지어 그나마 기타를 칠 줄 아는 에이토 역시 노래 중간에 솔로로 기타 치는 부분은 무리라고 생각했다.

하지만 곡을 들으며 자신들이 느끼던 흥분 탓에 쉽게 욕심이 버려지지 않았다.

"탐나긴 하는데… 안 되겠지?"

"후 형이 우리한테 맞게 바꿔주면 좋겠다."

"흔 니 힘드르게 하지 마."

강유 역시 조금만 대중적으로 바꾼다면 충분히 승산이 있을 거라는 생각이 들었다. 승산 정도가 아니라 메탈 마니아나 록을 좋아하는 사람은 누구나 이 곡을 들으면 몸을 맡길 것이라는 생각에 욕심이 났다. 강유는 윤후에게 조심스럽게 말했다.

"일단 원곡 한번 불러줄 수 있겠어? 들어보고 쟤네가 할 수 있는지 판단해 보자."

"흠, 힘들 거 뻔한데… 그럼 일단 한번 불러볼게요."

윤후도 일단은 강유와 같은 프로듀서로 방송에 출연하는 것이라 연습생들에게 느낌이라도 알려주고 싶은 마음에 부스로 들어섰다. 그리고 잠시 뒤, 조금 전에 트랙을 쌓아 만든 일렉 기타 소리가 헤드셋을 타고 들어가는지 기타를 튕기는 시늉을 하며 노래를 시작했다.

\*　　　　\*　　　　\*

이미 녹음실에 있던 사람들이 윤후의 모습을 기대하며 부스가 보이는 콘솔 앞에 다닥다닥 붙어 있다. 관객이 없어서인지 무표정하게 녹음실 마이크에 얼굴을 들이미는 윤후였지만, 모두가 음악에 몸을 맡길 준비를 하고 있었다.

마치 무대 위의 록 공연을 구경하는 록 마니아들처럼.

*스좌아아이더! 스좌아아아이더! 예에!*

몸을 흔들 준비를 하던 사람들은 마치 시간이 정지된 듯 부스를 바라보고만 있었다. 거칠게 내뱉는 고음이었지만 전혀 흔들림이 없었다.

기계로 만진 것 같다는 착각이 들 정도로 아무렇지도 않게 고음을 내뱉는 모습에 다들 아무 말도 할 수 없었다.

*Like this spider web around me*

한국어가 아닌 영어로 시작되는 윤후의 노래에 다들 깜짝 놀랐다. 완벽한 듯 느껴지는 발음에 지금 이 순간만은 정말 외국 록 밴드의 공연장에 와 있는 듯한 착각이 들 정도였다. 강유는 그동안 보지 못한 윤후의 고음을 들으며 목소리를 악보로 바꿔주는 시퀀서를 쳐다봤다.

"A5? 3옥타브… 라… 평균이 A5네. 미친……."

강유의 말에 모두가 모니터를 쳐다보며 부스 안에서 여전히 무표정으로 노래를 부르는 윤후를 괴물 보듯이 쳐다봤다.

윤후는 잠시 후 부스를 나오며 자신을 쳐다보고 있는 연습생들을 향해 말했다.

"그러니까 말했잖아. 너희들 못할 거라고."

"……."

연습생들이 다시 자괴감에 빠지도록 만든 윤후는 컴퓨터 앞에 앉아 손가락을 까딱거리며 트랙들을 만지기 시작했다. 조금 전 미친 고음을 부른 사람 같지 않은 모습에 강유는 윤후를 가만히 바라보기만 했다.

지금까지 윤후는 장르에 구애받지 않고 음악이란 음악은 전부 좋아하고 소화해 내는 모습을 보였다. 누가 이런 괴물을 가르쳤는지 모르겠지만, 앞으로 자신과 함께해 나갈 생각을 하니 흥분으로 몸이 떨렸다. 지금만 봐도 나오자마자 트랙을 만지는 모습은 자신으로서는 도저히 이해할 수 없었다.

"애들 기 다 죽여놓고 나오자마자 뭐 해?"

"부르면서 좋은 생각이 나서요. 이 곡, 쟤네 줄게요."

연습생들은 이미 윤후의 노래를 들었기에 그만큼 할 자신도 없을 뿐만 아니라 애초에 그런 고음이 불가능했다.

손사래를 치며 윤후를 쳐다볼 때, 윤후가 연습생들을 보며 물었다.

"동성이랑 에이토는 A5까지 괜찮고, 3번은 F5 정도. 흠, 맞지?"

클래식에서 사용되는 음역을 말하는 윤후의 갑작스러운 질문에 연습생들은 고개를 끄덕거렸고, 윤후는 확인을 하고 다시 작업을 시작했다. 옆에서 지켜보던 강유도 윤후가 무엇을 하는지 몰랐기에 옆으로 다가가 질문했다.

"뭐 하려고? 애들이 이 곡 부를 수 있어? 너하고 음역 차이가 엄청 많이 나는데."

"좀 속이려고요. 잘될지는 모르겠는데 재밌을 것 같아요."

강유는 무엇을 속이려고 하는지 윤후가 하는 짓을 가만히 지켜보았다.

한참을 보고 나서야 그가 말한 것이 무엇인지 알아챈 강유는 재미있다는 듯 윤후를 쳐다봤다.


*　　　　　*　　　　　*

SBC 방송국의 편집실에서는 영상 편집 PD가 스튜디오에서 녹화한 장면을 편집 중이었다. 회의 때 메인 PD의 의견에 따라 편집하기는 했지만 영 껄끄러웠다.

누구 하나를 구렁텅이로 빠뜨리는 것만 같은 기분이 들었다. 악마의 편집이라고 부르는 짓을 지금 자신이 하고 있는 것이다.

"하, 어차피 시청자들도 알긴 할 건데… 꼭 이렇게까지 해야 하나?"

처음부터 프로그램의 시청률이 걱정되었다면 편집을 하면서 그것을 위안으로 삼았겠지만, 내로라하는 소속사인 만큼 어느 정도 시청률은 보장되어 있는 상태였다. 그렇기에 편집하면서 어느 때보다 죄책감이 들었다. 하지만 영상 자체만 놓고 본다면 그 어느 때보다 흥미진진했다.

"한수야, VJ들 촬영은 어떻게 했어? 쓸 만한 거 좀 있어?"

의자에 앉아 벽에 몸을 기댄 채 졸고 있던 보조 편집 기사가 빨개진 눈으로 대답했다.

"한번 보세요. 다른 건 안 봐도 되는데 라온 영상은 직접 보셔야 해요. 이거 이상한 놈 하나 있더라고요."

"뭔데?"

"다른 데는 전부 연습생들 띄우려고 노력하는 게 보이는데 라온은, 하아, 진짜 대단한 놈 하나 있어요. 그놈 때문에

다 묻었어요. PD님 걱정되겠던데요? 저는 도저히 못 자르겠어
요."

보조 편집 기사의 말에 궁금증이 생겨 준비해 둔 영상을
재생시켰다. 대화는 없고 연습생으로 보이는 세 사람이 잔뜩
얼어 있는 모습에 혀를 찼다.

쓸 만한 영상이 아니었기에 보조 편집 기사가 자신을 놀렸
다고 생각할 때 보조 편집 기사의 말이 들렸다.

"체크해 놓은 부분부터 보세요. 앞부분은 쓰레기인데 뒤엣
것 때문에 안 자르고 내버려 둔 거예요."

그제야 체크해 놓은 부분으로 영상을 넘기니 한 사람만 연
이어 나왔다. 보조 편집 기사가 말한 대단한 놈이 지금 나오
는 사람 같았지만, 계속해서 컴퓨터만 만지고 있었다. 보조 편
집 기사는 빠르게 돌리라는 PD의 손짓에 인상을 찌푸리고 빠
르게 돌렸지만 뒷부분도 계속 비슷했다. 그러던 중 들리는 연
주 소리에 영상을 정상으로 돌렸다.

편집 PD는 영상을 끝까지 보고 난 뒤 옆에 있던 보조 편집
기사를 쳐다보며 물었다.

"이거 설정이지? 그 짧은 시간에 넣은 게 이런 노래라고? 에
이, 미리 만들어놓은 거겠지."

"저도 모르죠. 설정이라고 해도 대단하지 않아요? 전 라온
이라는 이름은 처음 들어봤지만 여기가 이번에 대박 수혜자

일 거 같은데요?"

편집 PD가 고개를 저으며 다시 영상을 연주가 시작되는 부분으로 돌리려 할 때, 옆에서 보조 편집 기사가 웃으며 빨간 체크 부분을 가리켰다.

편집 PD는 또 무슨 영상이 있을까 기대하며 체크되어 있는 부분으로 넘겼다.

"하하, 그럼 전 담배 한 대만 피우고 올게요."

"어, 그래."

혼자 남은 편집실에서 영상을 재생시켰다. 화면은 어두운 스튜디오 부스를 비추고 있고 그 안에 창백할 정도로 하얀 얼굴을 한 대단한 놈이 서 있었다.

조금 전에 들은 음악을 기대하며 영상에 집중하자 대단한 놈의 노래가 시작되었다.

영상이 순식간에 지나가 버렸다. 편집 PD는 다시 부스로 들어가는 장면부터 돌렸다. 그리고 또다시 영상은 금방 끝나 버렸다. 다시 돌리고 또 돌리는 것이 반복되었다.

"PD님, 하하! 아직도 보세요?"

"어? 벌써 왔어?"

"벌써라뇨. 하하! 하긴 저도 어제 저 영상에 당했거든요."

편집 PD는 시계를 한번 본 후에도 자신도 모르게 영상을 다시 재생시켰다.

*     *     *

다른 때와 달리 천으로 된 기타 케이스가 아니라 단단한 하드 케이스를 멘 윤후는 차에서 내려 스튜디오로 올라가려 했다.

"세 시까지 준비하고 있어. 늦으면 'Who TV' 다시 할겨. 알쟈?"

"알아요."

윤후는 인상을 찌푸리고 계단을 올라 강유의 스튜디오 문을 열었다. 강유와 함께 점심을 먹고 있는 연습생들이 보였고, 카메라에 조금 익숙해졌는지 처음보다는 훨씬 편안한 모습이었다.

"횬 니! 순대꾸!"

"왔어? 다 식었다. 야, 빨리 와서 먹어."

도착 전에 뭐 먹을 거냐고 묻는 전화를 받았었기에 기타를 내려놓고 의자에 앉았다. 그 모습을 본 강유가 식사를 하면서 윤후의 기타를 가리켰다.

"뭐야? 일렉도 취급해?"

"그냥 기타예요. 네 번째로 만든 거예요."

"하하, 뭘 만들어?"

강유는 윤후가 당연히 농담을 한 것이라 생각하고 이제 장난도 칠 줄 안다라고 착각하며 피식 웃었다. 그러고는 다시 물었다.

"리얼 녹음 하려고? 다른 거 아무것도 준비 안 됐는데? 말을 하지."

"괜찮아요. 기타만 녹음하고 드럼은 나중에 할 거예요. 이따 스케줄 있어서요."

"그래? 일단 밥부터 먹고 애들 연습한 거 들어봐. 난 연습하는 것만 봐서는 도저히 모르겠다."

"일단 녹음부터 하고요. 그걸로 연습하고, 스케줄 끝나고 그때 볼게요."

윤후는 식사를 마치고 잠깐의 휴식도 없이 기타를 꺼내 들었다. 그리고 부스로 들어가 마이크를 기타에 맞게 세팅하고는 혼자서 마이크 체크까지 마쳤다.

"이야, 혼자 다 하네. 나머진 내가 봐줄게. 그만 왔다 갔다해."

"네, 원 테이크로 갈 거니까 중간에 멈춰도 끊지 마세요."

강유는 이미 많이 봐왔지만 언제 봐도 윤후의 시간 감각이 신기했다. 머릿속에서 노래를 틀어놓고 거기에 맞춰서 연주하는 것처럼 느껴졌다. 설마 이번에도 정확할까 하는 생각으로 부스 안을 볼 때, 윤후의 목소리가 들렸다.

"그럼 시작할게요."

무표정으로 연주를 하지 않고 멍하니 서 있는 모습에 연습생들이 의아한 눈으로 쳐다봤다. 하지만 잠시 뒤, 자신들이 알고 있던 소리는 들리지 않고 음을 길게 늘리는 서스테인으로 연주가 시작됐다. 무엇을 하는지 감도 안 잡히기에 그냥 멍하니 바라볼 뿐이다.

연주를 하다 말고 멍하니 서 있기도 하고 미칠 듯이 속주하다 말고 또 멍하니 서 있었다.

"뭐 하는 거야?"

"모르지. 에이토 넌 알아?"

이미 윤후에게 빠져 대답도 하지 않는 에이토와 달리 생각보다 재미없고 대단하지 않은 모습에 연습생들은 시큰둥했다. 그리고 그때, 윤후의 목소리가 들렸다.

"1번 트랙이요. 2번 갈게요."

"하, 그래."

연습생들은 뭐가 뭔지 알 수가 없었다. 강유는 그런 연습생들을 보며 윤후의 연주를 처음 들었을 때의 자신을 떠올리고 피식 웃었다. 그 뒤로도 윤후의 연주는 계속되었고, 3번 트랙까지 쌓였다.

"마지막은 메인 갈게요."

윤후는 손목을 돌리고 기타에 손을 얹었다. 연습생들은 자신들이 그제야 그동안 들어온 연주가 흘러나옴에 부스를 쳐다봤고, 윤후의 연주가 계속될수록 시선을 뗄 수가 없었다.

어쿠스틱 기타를 치는 모습을 봤기에 대단한 실력이란 것은 어렴풋이 알고 있었다. 하지만 지금의 모습을 보니 자신들이 윤후에 대해 조금도 알지 못했단 것을 깨달았다.

정말 손이 보이지 않는 듯했다. 한시도 멈추지 않고 시작된 속주 부분에서는 정말 미친 사람 같았다.

고개를 숙인 채 기타의 헤드부터 바디까지 빠르게 코드를 잡아가는 모습을 본 연습생들은 에이토만이 아니라 모두가 윤후의 추종자로 둔갑해 버렸다.

"와, 진짜 대단한 분이시구나."

"횬 니, 대단하므니다."

윤후는 연주를 마치고 부스에서 나와 더 이상 녹음이 필요 없다는 듯 기타를 케이스에 집어넣었다. 그러곤 여유롭게 컴퓨터 앞에 앉아 있는 강유의 옆으로 다가갔다.

"트랙들 다 합쳤죠?"

"응. 베이스는 안 해도 돼?"

"네, 일단 기분만 느끼면서 연습하라고 녹음한 거예요. 들려주세요."

강유는 빈 곳이 딱 들어맞는 트랙들을 보며 고개를 저었다. 볼 때마다 느끼는 것이지만 이것만큼은 절대 적응이 되지 않왔다. 사람 같지도 않은 일을 해놓고 태연히 앉아 있는 윤후를 보니 허탈함에 웃음만 나왔다.

"알았어. 너희들도 이리 와봐. 아직 완벽하진 않지만 이걸로 무대 설 테니까."

뒤에 있던 연습생들이 가까이 다가오자 강유는 윤후가 연주한 네 개의 트랙을 재생시켰다. 시작은 시퀀서 프로그램으로 만든 것과 별 차이가 나지 않았지만, 어떻게 띄엄띄엄 연주한 곡이 이렇게 한 곡처럼 합쳐졌는지 신기해하는 얼굴이다.

음악이 점점 흐를수록 전에는 느끼지 못한 느낌이 들었다. 마치 귀에 꽂히듯 들리는 연주에 현장에서 듣는 듯한 생동감마저 느껴졌다.

함성과 환호 소리만 더해진다면 공연 실황을 음원으로 듣는다고 착각할 정도였다.

"강유 형, 저 스케줄 있어서 가볼게요."

윤후는 스케줄 전에 할 일을 마쳤기에 기타를 메고 일어섰다. 그리고 바쁘게 녹음실 문을 열자 뒤에서 전에는 보지 못한 상황이 벌어졌다.

연습생들이 머리가 땅에 닿도록 숙이며 녹음실이 떠나갈 정도의 목소리로 외친 것이다.

"다녀오세요, 형님!"

        *          *          *

SBC 방송국의 흡연실에 앉아 있는 '기획사 전쟁'의 연출을 맡은 김국현 PD는 매우 곤란해하는 얼굴이었다. 편집실에서 본 영상이 지금의 고민을 만들어냈다.

영상 자체만 놓고 보면 대박 중의 대박이었지만, 지금 자신이 기획하는 프로그램에는 전혀 도움이 될 것 같지 않았다. 차라리 안 봤으면 좋았을 것이라 생각하던 중 옆에 있던 편집 PD가 입을 열었다.

"고민되죠? 저도 그거 잘라야 하나 말아야 하나 고민돼서 보여드린 거예요."

"하아, 어쩌면 좋을까요? 작가들도 처음에는 대박이라더니 지금은 멘붕이에요."

"하하, 악당 역할을 해야 하는 기획사가 알고 보니 주인공이고. 그런 느낌이죠?"

"후, 그러기엔 라온이 너무 보여줄 게 없어서 문제죠. 첫 회부터 이름 없는 기획사 위주로 나가 버리면 시청자들 떨어져 나갈 건 뻔하고……."

작은 기획사는 대형 기획사의 내부를 담으며 유명한 가수들의 조언과 응원을 받는 그림이 나와야 했다. 다른 기획사들은 이미 그런 그림을 담았는데 유일하게 라온 엔터만 그런 그림 없이 자신들끼리 헤쳐 나가는 모습이었다.

"PD님, 일단 저희가 고생할 테니 공연을 어떻게 하나 보고 편집하죠."

"그래도 돼요? 힘드실 텐데."

"재밌을 거 같아서요. 궁금하기도 하고요."

"그럼 일단 처음 시놉시스대로 유지하고 현장 반응이 터지면 그 영상도 담는 걸로 얘기해 봐야겠어요. 라온 연습생들이 잘 못했으면 좋겠네요. 하아!"

\*         \*         \*

리허설 무대를 마치고 대기실로 돌아온 연습생들은 첫 무대이기에 리허설이라고는 하나 긴장할 만했는데도 전혀 그렇지 않아 보였다.

문을 열고 들어오는 연습생들을 본 김 대표는 진저리를 치며 한숨을 내쉬었지만, 연습생들은 전혀 아랑곳하지 않고 윤후와 강유에게 다가와 말했다.

"다녀왔습니다."

"봤어. 근데… 너희들, 언제까지 그럴 거야?"

연습생 셋 모두가 무표정으로 김 대표를 쳐다봤다. 연습생들의 반응에 김 대표는 가만히 앉아 있는 윤후를 보며 입술을 꽉 깨물었다.

"야, 이놈들아! 따라 할 게 없어서 왜 하필이면 저놈 따라 하냐?"

"롤 모델이십니다."

"아, 이 미친놈들! 이거 어쩌다가 이렇게 됐냐? 너희, 콘셉트 잘못 잡았어!"

그 모습을 지켜보던 강유가 소리 내어 웃었다.

윤후가 기타 녹음을 할 때까지만 해도 저 정도는 아니었다.

세 명은 각각 윤후가 직접 불러준 가이드 부분만 연습했다.

스스로의 실력이 걱정되기는 했지만, 윤후의 실력을 봤기에 일단은 믿고 열심히 따랐다. 그런데 녹화가 며칠 남지 않은 이 시점에, 셋이 함께 노래를 부르고 난 뒤부터 윤후를 똑같이 따라 하기 시작했다.

말투부터 시작된 것이 이제는 표정에까지 이르렀다.

"웃지 마, 인마. 애들, 윤후 못 따라 하게 좀 말리지."

"하하하, 지들이 좋다는데 어쩌냐."

"쟤네들, 아이돌 그룹으로 데뷔하는데 저게 말이 돼? 로봇도 아니고. 윤후 하나로 족하다."

윤후 역시 연습생들이 자신을 따라 하는 모습이 그다지 좋지는 않았다. 자신이 정말 저러고 다니나 생각하게 만드는 모습에 표정이 조금 일그러졌다. 그러나 그 모습마저 놓치지 않고 따라 하는 연습생들이다.

"떨지 마."

"네."

"연습 많이 했으니까 한 팀 정도는 이길 수 있을지도……."

"네."

연습생들과 윤후의 대화를 듣던 김 대표는 답답한지 가슴을 두드렸고, 그때 녹화가 들어간다는 알림을 받았다.

"강유야, 부탁한다. 만약에 마이크 오면 네가 잡아. 제발."

"하하하, 알았으니까 걱정하지 마."

"혹시라도 윤후 너는 질문 받으면 그냥 그렇다고만 말하면 돼. 알지?"

"걱정 마라, 좀. 윤후도 잘할 거야."

강유의 말에도 걱정이 된 김 대표는 모두가 스튜디오에 오를 때까지 잔소리를 하며 쫓아왔다.

완전히 무대에 오르고서야 관계자석으로 이동한 김 대표는 긴장이 되는지 숨을 고르며 녹화를 지켜봤다.

한편, 스튜디오는 달랐지만 저번과 마찬가지로 제일 구석 자리에 앉은 강유가 뒤에 앉은 연습생들을 보며 말했다.

"자, 이거 하나씩 먹어."

표정은 윤후를 따라 하느라 무표정했지만 강유가 건네주는 청심환을 받는 손은 긴장했는지 떨고 있었다. 담담한 척하려 애쓰는 모습에 강유가 윤후를 보며 말했다.

"롤 모델이 애들 긴장 좀 풀어주고 해라. 노래도 못하겠는 데?"

"음, 긴장돼?"

"조금요."

"너희가 평소 사람들에게 들려주고 싶은 노래, 그 노래를 부르면서 느끼던 것들을 하나도 빠짐없이 들려주겠다고 생각하면 편해. 아깝잖아. 혼자 알고, 혼자 듣기엔."

강유는 윤후가 해주는 조언에서 스스로가 그랬을 거라는 생각이 들었다. 처음 만난 당시에 들은 사람들에게 들려주고 싶다는 말이 더욱 진심처럼 느껴졌다. 윤후를 보는 강유의 얼굴에 흐뭇한 미소가 지어졌다.

"녹화 시작할게요!"

공연장보다 일찍 시작된 스튜디오 녹화였고, 저번의 녹화 때 MC를 보던 안호성은 공연 녹화장에 있는지 다른 MC가 들어왔다.

오프닝 멘트를 하고서 곧바로 경연에 대해 소개를 시작했다.

"500명의 방청객으로만 현장 투표가 이루어집니다. 과연 어느 기획사가 승리를 거머쥘 수 있을지. 아시겠지만 우승을 한 기획사는 다음 '기획사 전쟁'의 장르 선택권과 이번 연습생들의 데뷔 확정 시 음악 방송에서 화려한 데뷔 무대를 가질 수 있는 권한이 생깁니다. 얼마나 중요한지 느껴지시나요?"

MC의 멘트가 한동안 이어질 때, PD의 손짓을 발견한 강유가 자신의 뒤에 있는 연습생들에게 준비하라고 말했다.

잠시 후 MC의 라온의 소개가 있었고, 연습생들이 자리에서 일어나 조연출을 따라갔다.

스튜디오에 남아 있는 강유와 윤후는 연습생들의 뒷모습을 볼 새도 없이 MC의 질문을 받았다.

"이번 무대의 곡을 후 씨가 직접 만들었다고 들었는데요, 인지도가 없는 만큼 기존에 있던 곡을 하는 편이 좋지 않았을까요?"

"그렇습니다."

김 대표가 시킨 대로 말해놓고 덤덤하게 있는 윤후였다. 카메라 뒤에서 이마를 짚고 있는 김 대표를 본 강유는 역시나 당황한 MC를 보고 웃으면서 말을 이어받았다.

"후의 곡이 인지도를 생각 안 할 만큼 좋았다는 증거 아니겠습니까? 하하!"

"자신감 넘치는 프로듀서님의 말을 들으니까 정말 기대가 됩니다. 자, 이제 무대에 오를 준비를 마친 것 같네요."

강유는 윤후의 옆구리를 찌르며 못 말린다는 듯 웃었고,

윤후는 어깨를 으쓱하고는 현장을 비추는 화면으로 시선을 돌렸다. 화면에는 MC 안호성의 말과 함께 현장을 가득 채운 관객들의 박수 소리가 가득했다.

"아, 내가 더 떨린다. 애들 떨지 말아야 할 텐데."

무대 위에 서 있는 연습생들이 화면에 비치자 다른 팀들의 웅성거리는 소리가 들렸다.

"록인데 기타 하나가 안 보여? 하하!"

"웃을 게 아니야. 우리도 만약에 록 걸렸으면 저렇게 했어야 해. 저거 보니까 정말 록 안 걸린 게 다행이다."

"그래도 너무 허전하잖아요. 하하!"

다른 기획사 사람들의 얼굴이 꼴찌는 면했다는 듯 밝았다. 시작도 안 했는데 이미 승패를 결정지어 버리는 모습에 강유는 우습다는 듯 콧방귀를 뀌었다. 그리고 시작을 알리는 기타 소리가 화면을 통해 들려왔다.

윤후가 들려준 고음을 부르는 부분은 들리지 않았다. 대신 땅속에서 들리는 듯한 준희의 낮은 목소리로 시작되었다.

관객 모두를 집중시키려 읊조리듯 내뱉는 준희의 목소리와 거기에 더해진 거친 숨소리가 긴장감을 만들었다.

관객들이 무대에 집중하자 준희는 그로울링 창법으로 짐승의 울음소리처럼 'Spider Web'을 외쳤다. 그와 동시에 기타의 속주가 들리기 시작했다. 그러다가 아주 잠깐 모든 연주가 멈추었고, 그사이를 준희의 목소리가 채웠다.

*Spider Web!*

관객들은 마치 데스메탈 같은 어두운 분위기에 압도당한 듯 무대를 지켜봤고, 준희의 노래가 끝남과 동시에 심장을 두근거리게 만드는 드럼 소리가 공연장을 채우기 시작했다. 그러고는 저음의 준희와 달리 고음을 내뱉는 동성과 에이토의 목소리가 들리기 시작했다.

*Like this spider web around me*
*I can never get out! out!*

둘의 고음 사이에 중간중간 준희가 한 손을 들며 낮은 목소리로 'Spider Web'을 외쳤고, 관객들도 어느새 빠져들었는지 준희의 손이 올라갈 때마다 함께 외치기 시작했다.

화면으로 라온의 무대를 지켜보던 다른 기획사들은 비웃던 처음과 다른 모습이었다.

준희의 손짓에 자신도 모르게 따라 부르려던 연습생들은 프로듀서의 눈치에 정신을 차렸다.

숲 엔터의 프로듀서인 킹스터는 곡을 만들었다는 윤후를

가만히 쳐다봤다. 고음이라고 내뱉는 부분만 놓고 보면 그다지 높지 않았는데, 낮은 목소리로 'Spider Web'이라고 말하는 목소리 때문에 상대적으로 높게 들렸다. 마지막 부분에서 들리는 샤우팅 역시 낮은 음역부터 시작해 최고 음역까지 올라가 굉장한 고음처럼 들렸다. 그런 무대를 만든 윤후를 보던 킹스터는 자신의 뒤에서 조그맣게 따라 부르는 연습생들의 목소리에 고개를 저었다.

그렇게 라온의 무대가 끝이 나자 관객들이 우레와 같은 함성과 박수를 쏟아냈다. 연습생들은 이미 인기 가수라도 된 듯한 착각에 손을 뻗어 인사를 하고 무대에서 내려왔다.

첫 무대의 흥분이 가시지도 않았는데 곧바로 스튜디오로 이동했다.

"우리 진짜 끝내줬지?"

"아, 우리 아이돌 말고 록 할까?"

서로 무대가 만족스러웠는지 스튜디오로 들어서는 연습생들은 환하게 웃고 있었다. 다들 박수를 치며 반겨주기는 했지만, 처음과 달리 경쟁자를 보는 듯한 눈빛을 받으며 자리에 앉았다.

"정말 자신할 만했네요. 아, 준희 씨, 노래 중간중간에 손 올릴 때 사람들이 따라 부르는 모습을 무대에서 직접 보셨는데, 어떠셨나요?"

"이미 예상했습니다. 후 형님의 곡이니까요."

"하하하하, 정말 믿음 가득한 프로듀서와 뮤지션 사이네요."

강유의 일그러진 얼굴과 달리 윤후는 고개를 끄덕거리고 있었다. 그 모습을 본 MC가 윤후에게 질문했다.

"영어로 불러서 그런지 정말 해외의 록 그룹 노래처럼 들리더라고요. 다음번에는 한국어로도 부탁드립니다. 하하! 그런데 'Spider Web', 그러니까 거미줄이 말이죠, 제가 듣기로는 거미줄에 얽힌 것처럼 빠져나올 수 없는 그런 무언가를 표현한 것 같은데, 그게 무엇인지 정말 궁금하네요."

"음."

윤후는 카메라 뒤에 서 있는 김 대표를 봤다. 말을 하라는 손짓을 보내는 김 대표를 보며 고개를 끄덕거린 뒤 입을 열었다.

"침대를 표현한 것입니다."

"침대요?"

"한번 누우면 거미줄에 얽매인 것처럼 빠져나오기 힘들잖아요."

"하, 하하!"

김 대표는 뒤에서 당장에라도 올라올 것처럼 안절부절못했고, 스튜디오의 사람들은 피식피식 웃기 시작했다.

멋진 말을 기대한 MC는 연신 목을 치는 시늉을 하는 PD

와 눈이 마주치고서야 다음 진행을 이어나갔다.

그 뒤로 라온 팀은 무대가 끝났기 때문인지 편안한 얼굴로 다음 기획사의 무대를 지켜봤다. 다음 기획사는 라온보다는 크지만 대형 기획사라고 보기에는 애매한 바나나 엔터로, 여자 연습생들의 무대였다. 많은 연습을 했는지 댄스곡을 부르면서도 음정이 흔들리지 않았다. 윤후 역시 그들의 무대를 지켜보고서 입을 열었다.

"일단 한 팀."

"응? 무슨 소리야?"

"꼴찌 탈출이요."

그 뒤로도 라온이 뽑고 싶어 하던 R&B를 뽑은 오리 엔터의 무대는 말할 것도 없고, 다른 무대들이 끝날 때마다 한 팀이 두 팀으로, 두 팀이 세 팀으로 늘어나고 있었다. 그리고 마지막으로 힙합 아티스트들이 주를 이르는 기획사인 숲 엔터의 무대가 시작되었다.

경연곡의 장르 역시 힙합이었기에 자신만만한 얼굴이 화면에 비쳤다.

무대를 지켜보던 윤후는 반복되는 리프 멜로디를 들으며 손가락을 까딱거렸다. 90비트로 그다지 빠르지 않았지만 굉장히 깔끔하게 들리는 붐뱁 스타일이었다. 베이스 위에 드럼의 킥과 하이햇이 만드는 비트가 반복되었다. 하지만 그 위에 랩이 올라가니 부르는 사람에 따라서 다르게 들리는 소리가 재미있게 느껴졌다. 다른 기획사들의 노래를 들을 때와는 다르게 흥미진진한 윤후의 모습에 강유가 조심스럽게 물었다.

"괜찮다. 이번엔 힘들겠지?"

"음. 2등?"

"그렇지. 2등도 어디냐. 하하!"

"저기가 2등."

＊　　　　＊　　　　＊

모든 녹화가 끝나자마자 '기획사 전쟁'의 관계자들이 모두가 회의실로 향했다. 작가부터 편집 팀과 자막 팀 등 모든 인원이 사무실에 자리했다.

비좁아서 서 있는 사람도 있었지만 전혀 개의치 않는 모습이었다.

"일단 모두 고생했어요. 다들 알겠지만 우리가 생각하던 거랑 상황이 조금 달라졌어요."

첫 녹화를 마친 만큼 회식이라도 할 법했지만 회의로 대신한 김 PD는 천천히 주위를 둘러보며 말했다. 작가들 역시 고개를 끄덕거리며 PD의 말에 동의했고, 편집 팀과 자막 팀은 이제부터 자신들이 프로그램을 맡아야 한다는 것에 의지를 다졌다.

"아까 작가님들이랑 짧게 얘기를 했는데 어떻게 하더라도 이번 우승 팀만 두각이 될 것 같습니다. 그래도 기왕이면 시청률을 높게 뽑아봐야 하지 않겠습니까? 그래서 일단 편집 팀은 처음 그대로 부탁드립니다. 조연출이 붙어 있을 거고, 저도 계속 왔다 갔다 할 테니까요."

"그럼 그 미친 영상은 어떡하죠?"

"그건 이미 생각해 놓은 게 있으니까 그 부분은 따로 부탁드릴게요."

"자, 오늘은 여기까지 하죠. 어디 가서 함부로 발설하지 마시고요. 특히 SNS 하는 사람들은 일절 방송 얘기는 꺼내지도 마십쇼. 다들 아셨죠? 그리고 회식은 첫 방송 끝나고 거하게 하도록 합시다. 자, 해산!"

사무실을 나가는 편집 PD는 김 PD와 눈짓을 주고받고 엄지를 척 들어 올렸다.

*      *      *

"자, 1등을 축하하며!"

"참나, 지한테는 입에서 꺼내지도 말라면서유?"

"대식이 넌 입이 싸서 애초에 봉쇄해야지. 자자, 어린이들은 수고했으니까 사이다 들고 나머지는 다 잔 들어! 쌍둥이도 수고했으니까 들어. 윤후는 오늘 내가 데려다줄 거니까……."

압도적인 차이로 1등을 확정 지은 라온은 기획사의 옥상에서 고기 파티를 벌였다. 식당을 예약해서 할 수도 있었지만 모두는 오히려 옥상을 좋아하는 듯 보였다. 축하 파티인 만큼 올 수 있는 모든 회사의 식구들과 경비 할아버지까지 옥상에 자리했다.

김 대표는 잔을 높게 들고 윤후를 보며 씨익 웃었다. 복덩어리도 저런 복덩어리가 없었다. 대한민국의 내로라하는 기획사들을 제치고 방청객 투표에서 1등을 하게 만든 윤후가 예쁘지 않을 수 없었다.

"자, 다 함께 외쳐볼까! Spider Web!"

"그거… 아닌데……."

준희의 말에 모두가 웃으며 잔을 높이 들고 건배를 했다. 연습생들은 모두에게 오늘처럼만 하면 데뷔도 문제없다는 말과 함께 축하를 받았다. 박재진이 기획사에서 나간 뒤로는 어디에서도 1등을 해본 적이 없었기에 모두의 얼굴이 밝아 보였다.

윤후는 소주가 담긴 잔을 가만히 들여다봤다. 비록 제정신에 먹어보진 않아서 무슨 맛인지는 모르지만, 다음 날 속이 쓰리다는 것은 알고 있었다.

담배도 그렇고 술도 그렇고 예전에 자주 느껴봤다. 그래서 인지 별로 당기지 않아 술잔만 매만지고 있을 때, 김 대표가 옆으로 다가왔다.

"술도 안 마셔, 담배도 안 피워, 인터뷰만 잘하면 진짜 대단한 놈인데. 하하!"

"음."

"자식이 술은 안 마셔도 어르신도 한 잔 따라드리고 그래. 어르신도 퇴근하실 시간 다 되었는데 한잔하세요."

경비 할아버지도 윤후와 마찬가지로 술잔을 매만지고 있었다. 윤후가 고개를 끄덕거리고 소주병을 들자 경비 할아버지는 앞에 있던 술잔을 단숨에 들이켜고 다시 내밀었다. 윤후는 술을 따르며 기타 할배가 실제로 있었다면 이러지 않았을까 하는 생각에 얼굴에 그리움이 묻어났다.

별다른 대화 없이 술잔이 비면 술을 따라주기만 했는데도 전혀 어색하지 않게 느껴졌다. 그런 시간이 계속될 때, 등 뒤에서 인기척이 느껴져 뒤를 돌아보니 윤송이 빨개진 얼굴로 서 있었다.

"음?"

"헤, 저 질문 있어요, 후 님!"

허스키한 목소리로 내는 코맹맹이 소리가 상당히 거슬렸지만, 얼마 안 되는 인간관계 중 그나마 오래된 사람이기에 가만히 내버려 뒀다. 대답이 없는 윤후였지만, 윤송은 아랑곳하지 않고 윤후의 옆으로 비집고 들어와 앉았다.

"후 님, 식스센스가 어디에 있는 거예요?"

"음?"

"기타 말이에요. 후 님 기타랑 같은 걸로 사려고 하는데 아무리 찾아도 없더라고요."

자신이 마지막으로 만든 기타를 말하는 것임을 알고는 은근히 기분이 좋았다. 그래서 직접 만든 기타를 좋게 봐주는 윤송을 보며 친절하게 답했다.

"기타 이름이 식스센스예요."

"그랬구나! 어디 회사 제품이에요?"

"직접 만든 거예요."

"와, 수제품이구나! 어디서 만드셨어요? 저도 좀 주문하고 싶은데 싸게 안 될까요?"

"음, 제가 직접 만든 거예요."

옆에서 듣고 있던 김 대표가 갑자기 미친 듯이 웃었다. 그 때문인지 옥상에 있던 사람들의 시선이 모두 김 대표에게 쏠렸고, 김 대표는 하도 웃어서 숨이 찬지 심호흡을 하고서 입을 열었다.

"윤후가 들고 다니는 기타 있잖아? 그거 지가 만들었대. 하하하하하!"

"워! 송이한테 작업 거냐! 우리 후 스타일이 송이였어?"

"안 댜. 너 연애는 개뿔, 걸리기만 혀봐. 알쟈?"

다들 윤후를 놀리듯이 쳐다봤지만, 무표정으로 일관하는 윤후에 모습에 김 대표는 이상함을 느꼈다. 설마 하는 마음으로 윤후의 옆에 쪼그려 앉아 조심스럽게 물었다.

"아니지?"

"맞아요."

"에이, 뻥이지? 그걸 네가 직접 만들었다고?"

"네."

한결같은 대답에 윤후의 기타를 보던 모든 사람들이 설마 하는 얼굴로 쳐다봤다. 윤후가 음악적으로는 대단한 녀석이라는 것을 알고 있지만, 기타까지 만들지는 못할 것이라 생각했다.

음악 하는 사람들이 모여 있는 만큼 기타가 그렇게 쉽게 만들어지지 않는 것을 알고 있는 것이다.

옆에서 사람들의 얘기를 듣던 경비 할아버지는 포근한 미소 한편에 어딘가 그리움이 묻어 있는 얼굴로 윤후를 쳐다봤다. 윤후의 노래를 들었을 때도 그랬고 지금 기타를 직접 만들었다는 얘기는 이상하게 세상에 없는 형을 떠올리게 만들었다.

신기한 젊은이라는 생각을 가지고 윤후를 보니 남들의 시선에 아랑곳하지 않는 모습이다.

"언제부터 만들었어요?"

"열다섯 살 때 처음 만들었어요."

"아이구, 어릴 때부터 만들었네요. 기타 만드는 일이 고될 텐데 장하네요. 그럼 많이 만들었겠어요."

"거의 일 년에 한 대 정도밖에 못 만들었어요. 할아버지 도… 할아버지라 불러도 돼요?"

"하하, 그럼요. 괜찮아요."

"그럼 잠시만요. 제가 직접 만든 기타 보여 드릴게요."

둘의 대화를 지켜보던 모두가 말도 안 된다는 얼굴이었다. 자신들이 그간 봐온 윤후의 모습과 할아버지라 불러도 되느냐며 말하는 윤후의 모습에 괴리감이 생길 정도였다.

사람들의 시선을 아는지 모르는지 윤후는 미소를 짓고 일어서서 대식에게 다가가 손을 내밀었다.

"뭐? 뭐여? 어쩌라고?"

"차에서 기타 좀 가져오게요. 키 좀 주세요."

"어, 어. 그려. 있어봐. 내가 갖다 줄게."

잠시 후 대식은 윤후가 항상 들고 다니는 기타를 들고 올라왔다. 기타를 건네받은 윤후는 케이스를 열며 할아버지에게 자랑하듯 말했다.

"제일 최근에 만든 기타예요."

"깔끔하네요. 바디도 그렇고… 넥은 흑단목이네요? 직접 깎았어요?"

"네, 엄청 힘들더라고요. 다음에 만들게 되면 절대 흑단목으로는 안 하려고요. 그런데 할아버지도 잘 아시네요? 다들 잘 모르던데."

"하하, 가족이라고는 한 명뿐인 형님이 기타에 미쳐 살았어요. 기타쟁이 옆에 있다 보니 어깨너머 들은 것뿐이죠. 한번 안아봐도 될까요?"

"……."

윤후는 안아봐도 되냐고 묻는 말에 놀란 얼굴로 변했다. 기타 할배는 기타를 들 때 들라고 하지 않고 지금 옆에 있는 할아버지처럼 안아보라고 말했다. 그리고 기타를 만들 때도 항상 'Life'라고 적어놓고서야 작업을 시작했다.

그런 기타 할배처럼 기타를 물건처럼 대하지 않고 살아 있는 것처럼 말하는 경비 할아버지의 모습에 윤후는 얼굴을 가만히 쳐다보다 활짝 웃었다.

"그럼요. 안아보세요."

"고마워요. 자, 그럼."

모두가 술 마시는 것을 멈추고는 경비 할아버지가 기타를 안고 있는 모습을 쳐다봤다. 상당히 자연스러운 모습이 그동안 자신들이 봐온 어르신이 아닌 것 같았다. 할아버지는 기타

줄을 하나씩 튕겨보더니 윤후를 보며 말했다.

"조율도 완벽하네요. 녀석이 소리도 참 곱네요. 하하! 우리 형님이 만들었다고 해도 믿겠어요."

윤후는 씩 웃으며 맞장구를 쳤고, 할아버지는 기타를 보고 미소를 지은 채 기타를 튕겼다. 익숙한 멜로디가 옥상을 채우기 시작했다. 윤후의 미니 앨범에 들어 있는 '약속'을 연주하는 할아버지의 실력은 상당했다.

많은 나이임에도 불구하고 정확한 연주에, 회식을 위해 모인 가수들이 놀란 듯 서로를 쳐다봤다.

"너보다 잘 치는 거 같은데?"

"아니, 왜 경비 하시는 거야? 세션만 보셔도 경비보다 많이 버실 거 같은데."

"조용히 해봐. 들어보게."

숙덕거림에도 할아버지의 연주는 계속되었다. 그러고는 윤후를 보며 손을 살짝 들어 올리자 윤후는 미소를 짓고 쪼그려 앉은 채 노래를 불렀다.


미안, 미안 꼭 지키려 했는데

어쩌다 보니 이번에도 지키지 못할 것 같아, 이번만큼은 꼭 지키려 했는데 그냥 어쩌다 보니… 그냥 어쩌다 보니……

나지막이 아무런 힘도 들이지 않고 내뱉는 윤후의 노래가 옥상에 울려 퍼졌다.

다들 쪼그려 앉아 자신이 지키지 못한 약속들을 떠올리는 듯 고개를 끄덕거렸다. 그러던 중 한두 명이 조그맣게 따라 부르기 시작한 노래가 끝날 무렵에는 모두가 중얼거리듯 자연스레 노래를 따라 부르고 있었다.

*그냥 어쩌다 보니… 그냥 어쩌다 보니……*

노래가 끝나자 다들 무언가 숙연한 분위기였다. 윤후가 할아버지를 보며 미소를 지을 때 쌍둥이 매니저의 목소리가 들렸다.

"동창회 같은 데 가서 모닥불 피워놓고 부르는 거 같지 않어?"

"수련회 아녀?"

"기여?"

"하, 무식한 놈들아, 분위기 파악 좀 해라. 얼마나 좋냐. 이런 게 뮤지션들의 회식 아니냐?"

김 대표와 쌍둥이의 대화에 숙연하던 분위기가 조금은 풀린 듯했다. 그 뒤로 뮤지션들의 회식 아니랄까 봐 한 사람씩 노래를 시작했다. 연주를 마치고 그 모습을 지켜보던 할아버지는 윤후에게 기타를 돌려주며 자리에서 일어섰다.

"이만 내려가 봐야겠네요. 윤후 군, 기타 좋아하면 나중에 우리 집으로 놀러 와요. 형님이 만들어놓은 기타 구경시켜 줄게요."

"네, 꼭 갈게요. 그리고 다음에 뵐 때는 말 편히 하세요, 할아버지."

"그래요. 많이 먹어요."

윤후는 할아버지가 내려가는 모습을 가만히 지켜봤다. 오랜만에 느껴보는 할아버지의 느낌에 묘한 기분으로 기타를 케이스에 집어넣었다.

바쁜 스케줄 때문에 한동안 잊고 지낸 할배, 아저씨들과 딘의 얼굴까지 하나하나 선명하게 생각났다.

난간에 기댄 채 사람들이 노래 부르는 모습을 지켜본 윤후는 지금의 모습도 함께 봤으면 좋아했을 거란 생각에 약간의 아쉬움이 생겼다.

자신을 아껴주는 강유와 김 대표, 그리고 사무실 식구들과 가수이면서도 팬클럽 활동까지 하는 윤송의 모습까지.

이렇게 잘 지낸다고 보여주고 싶었다.

"너, 거기 기대지 말라고 혔어, 안 혔어? 대굴빡 깨지고 싶은 겨?"

"흠……."

쌍둥이 매니저는 빼고.

*         *         *

KM 소속의 남성 5인조 'TMB'의 팬인 한 소녀가 통화를 하며 어두운 방을 비추는 모니터를 뚫어져라 보고 있다.

―오빠들 영상 떴어!

"KM 존나 짜증 나. 왜 우리 오빠들 말고 이상한 년들 응원하는 거 찍은 거지?"

―일단 추천 눌러. 이거 팬카페에 퍼갔나?

"몰라. 진짜 계속 이렇게 쓸데없는 일 시키는데, 호프는 뭐하는 거야? 항의라도 해야 되는 거 아니야?"

TMB의 팬클럽 호프 소속인 두 소녀는 인터넷을 보며 통화를 했다. '기획사 전쟁'의 선공개 영상이 인터넷에 공개되었고, 그중 자신들의 연예인인 TMB가 연습생들을 응원하는 영상과 각 소속사 연예인들의 응원 영상이 공개되었다.

그 나이의 소녀답게 통화를 하며 영상을 보던 소녀는 TMB의 영상을 보지도 않고서 추천을 누르고 댓글까지 단 다음 영상을 재생시켰다.

한두 번으로 만족하지 못했는지 반복해서 영상을 보고는 다른 영상들의 조회 수 및 추천 수를 비교하기 시작했다. 자신들의 라이벌 기획사인 숲 엔터와 비슷한 조회 수에 더욱 열심히 조회 수를 올려야겠다고 다짐할 때 왼쪽 구석에 있던 영상이 눈에 들어왔다.

"뭐야? 왜 이게 추천이 1등이야? 라온?"

—라온이 뭔데? 뭐야? 이게 왜 1등이야? 호프들, 뭐 하는 거야, 진짜?

추천 수 1등을 빼앗긴 소녀는 눈빛이 전투적으로 변해 라온의 영상을 클릭했다. 일단 할 일은 정해져 있었다.


—ㅋㅋㅋㅋ 듣보잡. ㅋㅋㅋㅋ 에효, 조작질 보소. 템비 오빠들한테 안 되는 거 뻔히 아는데. 템비 짱!


일단 악플을 달고서 영상을 재생시켰다. 다른 기획사들의 영상과는 다르게 허름한 녹음실로 보이는 곳에 한 사람이 서 있었다.

—아, 저 새끼가 라온이구나. '눕고 싶어' 부르는 놈 있잖아. 변태같이.

"그래? 우리 맘이 좋아하는 놈인데."

영상에서는 시끄러운 기타 소리가 들리더니 곧이어 목소리가 들렸다.

무덤덤한 표정으로 질러대는 고음에 빠져들 때쯤 영상이

끝이 났다. 그리고 소녀는 자신도 모르게 짜증을 내며 영상을 되돌렸다.

—야, 이경미! 뭐 해?

통화를 하던 중인 것도 잊은 채 영상을 몇 번이고 돌려보던 소녀는 스크롤을 내리기 시작했다.

수많은 댓글에 밀린 자신의 댓글을 찾고서 삭제 버튼을 누르고 난 뒤 다시 영상을 재생시켰다.

하지만 영상이 너무 짧은 탓에 감질이 난 소녀는 음원 사이트에 접속해 직접 후를 검색하기 시작했다.

# Chapter 3
## 기타 할배의 흔적

　김 대표는 전날 회식이 끝난 뒤 윤후는 물론 연습생들까지 집에 데려다주고 귀가했다. 지상파 방송의 경연 프로그램에서 1등을 했다는 기쁨에 혼자서 술을 마시고 기분 좋게 잠이 들었다.

　따리리―

　전화가 울리는 소리에 시계를 확인해 보니 아직 새벽녘이었고, 일도 잘 마무리되어 새벽에 전화가 울릴 일이 없기에 문득 불안한 생각이 들었다. 휴대폰 화면을 보니 사무실 직원이다. 곧바로 전화를 받았다.

"왜? 무슨 일 있어?"

―기상이 형······.

A&R 팀의 이종락에게 오랜만에 듣는 형이라는 말에 불안감은 더 커졌다. 전화기를 귀에 붙인 채 이불을 걷어내고 일어나 앉았다. 새벽 4시가 넘어가고 있었다. 차마 무슨 일이냐고 물어보기가 겁이 나 이종락의 말을 기다렸다.

―형······.

"어, 그래."

―형, 윤후가······.

"윤후가 왜, 인마? 어제 내가 집에 들어가는 것까지 확인했는데."

분명히 어제 집에 들어가는 모습까지 확인하고서 돌아왔기에 도저히 무슨 일이 생겼는지 감도 잡히지 않았다. 일단 윤후라는 말에 전화를 귀에 댄 채 일어나 옷을 주섬주섬 입었다.

"어디야? 어디로 가면 돼?"

―무슨 소리예요? 가긴 어딜 가요?

"그럼 뭔데?"

―형, 아니다. 직접 봐요. 지금 음원 사이트 들어가 보고 다시 전화해요.

일단은 윤후에게 무슨 일이 생긴 건 아닌 것 같았다. 음원 사이트라는 말에 혹시 하는 생각이 들었고, 서 있는 상태 그대로 휴대폰을 켜 음원 사이트에 들어갔다.

"뭐야, 도대체? 새벽부터 장난친 거야?"

일일 차트에 보이는 윤후의 곡은 전보다는 올랐지만 여전히 10위권에 위치해 있었다. 그는 자신이 못 본 것이 있나 한참을 뒤적거리다가 휴대폰을 떨어뜨렸다. 멍한 채 한참을 서 있다가 냉장고에서 물을 꺼내 마시고는 뒤집어져 있는 휴대폰 앞에 쪼그려 앉았다. 핸드폰을 가만히 보던 김 대표는 입술에 침을 바르고 휴대폰을 다시 들었다. 그리고 화면을 뚫어져라 쳐다봤다.

실시간 차트

1위 눕고 싶어—Who

2위 너라서 좋았어—Who

3위 Feel my heart—Who

4위 약속—Who

아직 갱신이 안 되어 일일 차트에서 윤후의 순위는 그대로였지만, 실시간 차트에서는 무엇 때문인지 윤후의 미니 앨범에 수록된 여섯 곡이 차례대로 1위부터 6위까지 자리를 차지하고 있었다. 각 연령대가 특히 좋아하는 곡이 있음은 알고 있었지만, 이렇게 모든 곡이 조명받을 줄은 몰랐다. 한참을 보고 또 보고 계속 본 김 대표는 잘못 본 것이 아님을 확인하고는 그대로 현관문을 열고 집을 나섰다.

*　　　　　*　　　　　*

집으로 돌아온 윤후는 정훈과 얘기를 나눈 뒤 방으로 들어왔다. 기타를 정리한 뒤 바로 컴퓨터 앞에 앉았다. 다음 날 스케줄도 없거니와 녹화하면서 들은 숲 엔터의 곡에 흥미를 느낀 참이었다. 컴퓨터를 켜자마자 오래전에 만든 곡들을 찾기 시작했다. 그러고는 의자에 몸을 기댄 채 하나씩 재생시켰다.

"음, 비트는 조금만 바꾸면 내 곡이 더 좋은 것 같은데… 이상하게 느낌이 안 사네."

반복해서 듣던 중 고개를 갸우뚱거리고는 신시사이저에 손을 올렸다. 항상 기타로 곡을 썼기에 건반으로 하는 작업은 오랜만이었다. 신시사이저에 손을 올리고 한 손으로 조금 전에 들은 곡의 멜로디를 조금 바꿔서 찍었다. BPM을 느리게 작업해 보고 다소 빠르게도 해봤고, 엇박자를 줘 트랩의 느낌으로 바꿔보기도 했다. 바꿀 때마다 곡 자체는 상당히 마음에 들었지만, 이상하리만큼 녹화 때 숲 엔터의 공연에서 느낀 흥이 느껴지지 않았다.

"두 곡을 섞어서 그런가? 둘 다 버리기는 싫은데. 흠, 일단 강유 형한테 한번 물어봐야겠네."

다른 건 몰라도 지금까지 만들어놓은 곡들이 보물인 윤후는 Y튜브 자신의 채널에 조금 전 작업한 곡을 비공개로 올려놓았다. 그리고 시간을 보니 어느덧 새벽 3시가 넘어가고 있었다. 생각보다 많은 시간이 지났기에 정리를 하고 침대에 누운 윤후는 곧장 잠이 들었다.

*　　　　　*　　　　　*

정오가 될 무렵, 라온의 옥탑 사무실은 윤후가 실시간 차트 1등을 하고 있음에도 차분한 분위기였다. 김 대표를 비롯해 나머지 직원들은 대화도 없이 컴퓨터와 휴대폰만 보고 있는 상태였다. 초조한 기색으로 손가락을 까딱대던 김 대표가 컴퓨터를 만지며 말했다.

"다들 확인해!"

직원 모두가 각종 음원 사이트에 접속해서 일일 차트가 갱신되기를 기다렸고, 시간이 되자마자 바로 확인 작업에 들어갔다. 실시간 차트에서 오랜 시간 동안 줄 세우기를 유지했기에 큰 기대를 하며 새로 고침을 누르던 김 대표가 책상을 박차고 일어섰다.

"1등이다! 우리 후 1등이야!"

"음악천국에서도 1등입니다. 6위까지 전부 윤후 곡이에요."

"D뮤직에서도요. '조각'만 7위예요."

"그래? 아는 인맥 총동원해서 D뮤직 조각 스트리밍이랑 다운 꼭 하라고 해. 예쁘게 줄 세워야지."

하룻밤 만에 일어난 일이었다. 1등임을 확인한 순간 벅차오르는 기분을 느낄 새도 없었다. 급변하는 음악 시장에서는 1등에 올랐다고 끝이 아니라 얼마나 유지하느냐가 더 중요했기에 김 대표는 정신을 차리려는 듯 깊게 숨을 들이마셨다. 그리고 그때 사무실 문을 열고 빠끔히 얼굴을 들이미는 사람이 보였다.

"대표님, 축하드려요!"

"하하, 주희 씨. 완전 소식 빠르네."

"빠르긴요. 아침부터 달려오고 싶었는데 바쁘실 거 같아서요."

"안 그래도 정신이 하나도 없네요. 이게 얼마만인지. 하하! 애들 준비할 동안 잠시만 기다려요. 선영아, 애들한테 전화해 봐."

"네, 천천히 하세요. 어차피 할 일도 없어요."

방송이 나가기 전 조금이라도 얼굴을 알리려고 이주희에게 연습생들의 짤막한 자료를 보냈다. 그 보도 자료를 보고서 이주희는 직접 인터뷰를 하겠다고 한걸음에 달려왔다. 김 대표는 고마운 마음에 이주희에게, 미소를 보내고 하던 지시를 마저 내렸다.

"SNS에 윤후가 쓴 것처럼 감사하다고 올려. 팬카페는 어떻게 됐어?"

"SNS는 이미 올렸고요, 팬카페는 회원 수가 2만 4천 명이에요. 새로 생긴 곳도 두 개나 보여요."

"뭐? 어제 4천 명 안 되지 않았어?"

"그러게요. 이게 도대체 무슨 일이지……."

"윤후는 아직도 전화 안 받아?"

"네. 왜 이렇게 안 받지? 가보라고 할까요?"

"아니야. 일단 연락되면 나오지 말고 오늘 스케줄 없으니까 집에서 쉬라고 해. 꼭 어디 나가지 말라고 하고. 그리고 대식이한테 일 맡기지 말고 무조건 회사에서 대기하라고 해. 참, 팬카페 운영자도 연락해 봐."

팬카페 회원 수가 하룻밤 만에 여섯 배가 넘었고 지금도 계속해서 늘어나고 있었다. 이 인원만 유지된다 해도 지상파 방송에서의 1위는 문제없어 보였다. 일이 잘 풀리려니 모든 것이 잘 풀리는 것 같았다. 윤후의 활동을 이번 주 내로 끝내고 다음 앨범을 준비하려 했지만, 지금 분위기로는 조금 더 해야 할 것 같았기에 음악 방송 스케줄도 잡아야 했고, 할 일이 순식간에 산더미처럼 불어나 버렸다. 그때 좁아터진 사무실 한쪽에 앉아 있던 이주희의 입이 열렸다.

"그럼 공식 팬카페 지정하는 거예요?"

김 대표가 고개를 끄덕이고 웃으며 말했다.

"그렇죠. 조금 빠른 감도 있지만 빨리 지정해야 나중에 말이 안 생겨서요. 내버려 뒀다가 덩치가 큰 게 두세 개 생겨 버리면 골치 아프거든요. 한쪽을 공식으로 지정해 버리면 합쳐져야 하는데 오히려 다른 쪽은 다른 가수로 갈아타 버리거나 탈퇴하거나 하거든요."

"하아, 나만 알고 싶었는데… 이러다 인터뷰하기도 힘들 만큼 스타 되는 거 아닌가 모르겠어요."

"하하, 걱정 말아요. 주희 씨는 첫 기사도 써주고 우리 식구 아닙니까? 상주 기자 같은. 하하!"

"말만이라도 고맙네요. 그런데 팬카페 운영자는 왜 찾으세요?"

"뻔하죠. 하하! 회원 유지 잘 부탁하고 우리 윤후 나중에 사전 녹화 같은 거 하면 새벽에 할 텐데 팬클럽 아니면 빈 객석으로 해야 되잖아요. 하하! 일정도 논의하고 팬클럽에게만 주는 정보도 제공하고. 일단 조금 있다가 얘기해요. 지금은 보시다시피 바빠서. 하하!"

"저 그럼 있다 다시 올까요?"

김 대표는 있어도 상관없다며 기다리라고 말하고선 다시 사무실 직원들을 보며 하나하나 지시를 내렸다. 그때 전화가 울렸고, 전화에 뜬 이름을 보며 씨익 웃었다.

"뭐 하느라 이제 받아, 복덩아!"

―잤어요.

"지금까지 잤어?"

―네.

"그럼 아직 인터넷 안 봤겠네?"

―네.

김 대표는 휴대폰을 보고 음흉하게 씨익 웃었다.

"너 큰일 난 거 알아?"

―아니요.

"너 앞으로 밖에 다니긴 글렀다. 에휴."

―원래 밖에 안 나가요.

"큼, 그래. 아무튼 어쩌자고 그랬어?"

안 봐도 딱 귀찮아할 것 같은 대답이다. 재미없는 윤후의 반응에 김 대표는 힘없이 직원들을 보고 고개를 저으며 손을 들어 신호를 줬다.

"하나, 둘, 셋! 윤후야! 1등 축하해!"

―…….

"너 인마, 음원 사이트 줄 세웠다고."

휴대폰 너머에서 윤후의 목소리 대신 컴퓨터 키보드 소리가 들렸다. 직접 확인하려는 것이 느껴졌기에 가만히 기다렸다. 그리고 확인을 마쳤는지 전화기에서 멀리 떨어진 윤후의 목소리가 들렸다.

─오 마이 갓! 왓 더 헬 이즈 고잉 온 디스?

"뭐라는 거야? 왜 영어로 말해? 뭔 헬?"

갑작스럽게 영어로 말하는 윤후의 말에 김 대표는 웃으며 말했지만, 윤후는 이미 통화하던 것을 잊어버린 듯 대답이 없었다. 한참을 대답 없는 휴대폰에 소리를 지르다 지친 김 대표는 윤후에게 그 기분을 만끽하라고 다시 전화를 걸지 않았다.

"윤후 지금 정신없다. 하하!"

"그럴 만하죠. 뭐래요?"

"몰라. 확인하더니 영어로 중얼거리던데. 윤후 영어 잘해?"

"잘 모르겠는데요. 나중에 물어보면 되죠."

윤후의 목소리를 못 들어 아쉬워하는 이주희의 얼굴을 보며 다독거리던 김 대표는 갑자기 윤후의 곡이 급물살을 타게 된 이유를 찾기 위해 대화를 이어나갔다.

"음, 어제 녹화 끝나서 방송되려면 아직 멀었는데… 일단 저번 주 스케줄 표 가져와 봐. 어디서 뭘 했는지 알아야 대처하지."

"엥? 대표님, 그거 모르세요?"

가만히 듣고 있던 이주희가 사무실 직원들을 보며 말했다. 적은 인원이기에 모든 것을 확인하기는 힘들었지만, 이유만큼은 알 줄 알았는데 전혀 모르는 눈치였다.

"검색창에 '기획사 전쟁' 쳐보세요. 거기에 어제 올라온 동영상이 난리 났는데. 팬카페에도 제가 동영상 링크해 뒀고요."

일부 영상을 사전 공개한다는 말을 듣기는 했지만, 1등을 했다는 기쁨에 정신이 팔려 공개가 된 줄도 몰랐다. 무슨 영상을 공개했을까 하는 궁금증에 인터넷에 들어가니 제일 큰 화면으로 떡하니 윤후의 얼굴이 보였다.

사전 공개 영상—라온의 프로듀서 겸 싱어송라이터 후!

"일, 십, 백, 천, 만, 십만… 백삼십만? 조회 수가 백삼십만? 이거 어제 나온 거 아니야?"

"반복 재생했다고 해도 엄청나죠. 하루도 안 돼서 조만간 이백만 넘겠어요. 추천 수도 엄청나네요. 십만이에요. 하하!"

김 대표는 다른 기획사들의 영상도 하나하나 조회 수를 확인했다. 윤후의 동영상 때문인지 전체적으로 조회 수가 높았지만 추천 수는 윤후와 상대가 되지 않았다. 가만히 보던 김 대표는 크게 웃었다.

"야야, 오리 애들 추천 좀 해줘. 천팔백이 뭐냐? 하하하하! 다들 한 번씩 추천해 줘라. 하하! 경연도 꼴찌 하더니 여기서도 꼴찌야. 아이구, 불쌍해라."

기분이 좋은지 웃음소리가 유난히 컸다. 가만히 영상을 지켜보던 김 대표는 댓글들을 보며 어찌 된 이유인지 알았다. 기획사에 소속된 가수들을 좋아하던 팬들이 윤후의 영상을 보고 SNS에 공유하고, 또 공유가 반복되다 보니 팬이 순식간에 불어나 버린 것이다. 역시 십 대의 파워라며 놀라고 있을 때, 윤후에게서 다시 전화가 왔다.

"정신 차렸어?"

ㅡ네, 어떻게 된 일이에요?

"하하, 다 내가 홍보를 잘해서 그런 거지 뭘 어떻게 된 일이야? 자식이.

ㅡ흠.

"뭘 흠이야? 자식이 말이야. 오늘은 아무 생각 말고 푹 쉬어. 내일 회사로 와서 너 팬카페에 올릴 영상 하나 찍을 거니까 할 말 생각해서 오고."

ㅡ네. 그리고 대표님.

"응? 왜?"

ㅡ고맙습니다.

감사의 인사를 하고 전화를 바로 끊는 윤후가 기특하면서도 문득 머쓱해졌다. 그렇게 힘도 들지 않았고 윤후가 속 썩이는 아이도 아니었다. 이미 음악적으로 모자람이 없어 보이는 녀석을 선물 받은 건 오히려 본인이었다. 그에 김 대표는 이미 끊긴 전화기에 대고 자신이 고맙다고 속삭였다. 그리고 옆에서 통화를 듣던 이주희가 벌떡 일어나 끼어들었다.

"제가, 제가 내일 후 님 영상 찍을게요."

"에이, 그건 기사로 내면 안 되죠. 아시잖아요. 팬들하고 처음 나누는 영상인데 기사로 나오면 자신들만 아는 비밀처럼 느껴지겠어요? 나중에 따로 인터뷰하게 해드린다고 했잖아요. 하하!"

"그러니까 제가 한다고요! 저 이래 봬도 W. I. W. 운영자거든요! 카페 설립자! Who is Who!"

다들 못 믿겠다는 얼굴로 피식거리자 직접 김 대표를 밀쳐 내고 팬카페 사이트에 접속했다. 그러고는 손가락으로 가리키며 말했다.

"자, 여기 운영자라고 적혀 있는 거 보이시죠? 맞죠? 저거든요. 제가 내일 후 님 영상 찍을게요."

"허……."

"아쉽긴 하지만… 음, 뭐, 기사는 다른 걸로 써도 되니까요."

"허……."

"그럼 제가 찍는 걸로 알게요."

이주희가 윤후의 팬인 것은 알았지만 운영자일 거라고는 생각도 못한 김 대표는 얼이 나가 있었다. 기자가 이래도 되는 것인지 심히 고민스러웠다. 왜냐하면 팬이라면 모를까, 운영자까지 맡고 있는 것이 사람들에게 알려질 경우 이주희가 쓰는 기사는 신빙성을 잃을 게 불 보듯 뻔하기 때문이다. 그때 갑자기 사무실에 있던 전화기 한 대가 울렸다. 그리고 그것도 잠시, 사무실에 있던 모든 전화가 동시다발적으로 울렸다.

*      *      *

햇빛이 쏟아져 내리는 옥상 한쪽에 그늘을 만들고 있는 정자에 앉은 김 대표는 웃는 얼굴이었다. 어디서 구해왔는지 큼지막한 대야에 발을 담그고 있는 모습이 마치 계곡에라도 놀러 온 듯했다.

"좋지 않냐? 여름에는 이거만큼 좋은 게 없어. 빨리 먹어."

김 대표는 닭백숙의 닭다리를 뜯어 윤후에게 건넸다. 자신이 만든 비트 때문에 녹음실에 있다가 온 윤후의 표정이 귀찮은 듯 보였지만, 김 대표와 마찬가지로 대야에 발을 담그고 있었다. 윤후는 건네받은 닭다리를 한 입 베어 물며 김 대표를 쳐다봤다. 분명히 이러는 이유가 있을 것이기에.

"어제 잘 쉬었지?"

"네."

"하하, 그래, 1등 가수면 잘 쉬어야지. 그럼 이제 많이 쉬었으니까 말인데……"

윤후는 고작 하루 쉰 것 가지고 많이 쉬었다고 말하는 김 대표를 보며 뭔가 불길한 느낌이 들었다. 아니라 다를까, 김 대표가 조심히 뒤에 놓아둔 메모를 건넸다. 한 손에 닭다리를 들고 다리 한쪽은 평상 밑에 내려 대야에 담그고 있던 윤후는 고개만 숙여 적힌 글을 쳐다봤다.

"예능은 하기 싫어요."

"그렇지? 그래, 일단 예능은 다 빼고."

"노래 부르는 것만 할게요."

"그래그래. 그래도 재진이 형이 하는 프로는 한번 나가줘야 하지 않을까? 너 응원도 해주고 인터뷰도 해주고 그랬는데."

"음, 알았어요. 그런데 이건 뭐예요?"

메모지에 적힌 글을 알아볼 수 없는 것이 아니라 무엇 때문에 기획사들을 적어놨는지 이유를 알 수 없었다. '기획사 전쟁'을 하면서 본 기획사도 있고 처음 보는 기획사도 수두룩했다.

"이건 너한테 피처링 요청 온 거야. 벌써 녹화 때 입소문을 탔는지 같이 작업하고 싶다는 요청이 꽤 많았어. 이건 뭐…

그냥 이렇게 왔다 알려주려고 적어놓은 거니까 신경 쓰지 마. 하더라도 우리 애들 해야지. 안 그래? 하하!"

"음……."

메모가 적힌 종이를 유심히 보던 중 낯익은 이름이 보였다. 윤후는 같이 프로그램을 하면서 음악적으로 꽤 흥미를 일으킨 사람의 이름을 가리키며 김 대표를 쳐다봤다.

"킹스터? 이 새끼 이거 완전 개 꼴통이야. 한 시간에 한 번씩 전화하더라. 스케줄 없어서 쉰다고 그러니까 전화번호 알려달라고 하더라고. 하도 당당해서 나도 모르게 알려줄 뻔했어."

그때, 옥탑 사무실 문을 열고 이종락이 얼굴을 내밀며 말했다.

"대표님, 1층에 누구 왔다는데, 김수덕? 할아버지가 김수덕 아느냐고 그러는데요. 아세요?"

"김수덕이 누구야? 기자인가?"

"이상하네. 대표님 만나러 왔다는데."

"직접 전화해 보지, 뭐."

김 대표는 사무실로 가지 않고 휴대폰을 꺼내 경비 할아버지에게 전화를 했다.

"예, 어르신. 누가 찾아왔다고 해서요."

―네. 킹스터라는 사람이 대표님 보러 왔다네요.

"…킹스터요? 아, 올라오라고 하세요."

김 대표는 휴대전화를 내려놓고 멀리 떨어져 있는 이종락을 향해 주먹질을 하며 말했다.

"미친놈아, 어르신보다 못 알아들어?"

"그러니까 인터폰 좀 바꿔요. 인터폰으로 들었을 때는 그렇게 들렸어요."

윤후는 두 사람이 티격태격하는 걸 보고 고개를 저으며 닭다리를 마저 입에 넣었다. 킹스터라는 사람이 왜 자신과 작업하고 싶어 하는지는 모르겠지만, 오히려 잘되었다는 생각이 들었다. 직접 만든 비트를 들려주고 왜 흥이 안 나는지 확인하고 싶은 마음이다.

옥상 문이 열리면서 햇빛 때문인지 얼굴을 한껏 찌푸린 킹스터가 올라왔다. 그러고는 두리번거리며 옥상을 둘러보다가 김 대표를 발견하곤 인사를 건넸다.

"안녕하세요. 연락이 안 돼서 직접 찾아왔습니다."

"아이고, 오늘 좀 바빠서 연락이 안 됐나 봅니다. 식사하던 중인데 안 하셨으면 같이하시죠?"

"그럴까요?"

예의상 건넨 말을 진지하게 받아들이는 킹스터였지만, 김 대표는 당황하지 않고 윤후에게 눈빛을 보내며 정자로 안내했다. 그 모습에 윤후는 대야에서 발을 빼고 걷어 올린 바지를 내린 다음 인사를 건넸다.

"안녕하세요."

"어, 그래. 엊그제 보고 또 보네."

"네."

"음원 싹 쓸었더라? 축하한다. 앉아. 와우, 백숙이네!"

마치 자기 집처럼 평상에 자리를 잡고 앉더니 손으로 하나 남은 닭다리를 뜯으며 옥상을 둘러봤다.

"놀러 온 거 같고 좋다. 우리 회사는 어두컴컴한 게 꼭 악당 소굴 같은데 여기는 정말 좋네요."

"하하, 저희는 회식도 여기서 합니다. 저기 있는 드럼통에 고기도 구워 먹고요. 하하!"

"와! 회식 때 놀러 와도 되나요? 하하하! 제가 삼겹살 사 들고 올 테니 꼭 좀 껴주십쇼."

방송에서는 말 한마디 없었기에 지금 보이는 모습이 다른 사람처럼 느껴졌다. 지금 입고 있는 옷과 액세서리만 빼면 꼭 옆집에 놀러 온 동네 아저씨 같은 모습이다.

"그런데 전화로 말씀하신 얘기는 스케줄 때문에 당장은 힘들 것 같습니다."

역시 사람을 대할 줄 아는 김 대표는 킹스터가 기분 나빠하지 않도록 돌려 말했다. 킹스터 역시 프로듀서 생활을 오래했고, 지금 윤후가 얼마나 바쁠지 알고 있기에 고개를 끄덕거리며 대답했다.

"괜찮아요. 지금 당장 급하지는 않아요. 제가 이번에 루아 솔로 3집 앨범 프로듀싱을 맡게 돼서요. 후 목소리가 이상하게 루아랑 비슷하더라고요. 루아도 좋아하고."

"루아요? 루아 피처링 해달라는 거예요?"

"피처링이라고 하기보다는… 듀엣을 해보고 싶어 하더라고요."

"마몽드의 루아 맞아요?"

"네, 마몽드 루아죠. 루아가 또 있습니까? 하하!"

김 대표는 대세 걸 그룹 마몽드의 메인 보컬이자 솔로 앨범뿐만이 아니라 싱글곡을 냈다 하면 대박을 터뜨리는 루아의 이름을 듣고서 욕심이 조금 생겼다. 하지만 윤후에겐 먼저 탄탄한 기반을 만들어놓는 것이 더 중요하기에 아쉬움을 달래야 했다.

윤후도 음악이란 음악은 장르를 가리지 않고 듣기에 루아라는 가수를 알고 있었고, 노래를 꽤 잘하는 것으로 기억했다. 단지 루아와 마주친 적이 없기에 별다른 느낌은 들지 않았다. 그런 윤후를 본 킹스터가 허탈하게 웃음을 내뱉었다.

"루아 몰라?"

"알죠."

"그래? 난 뚱해 있길래 모르는 줄 알았네. 너 활동 끝나면 한번 불러볼래?"

"네."

"하하, 약속했다? 활동 언제 끝나냐? 지금 물 들어왔으니까 한 달은 더하겠네. 한 달 뒤면 딱 좋네."

윤후의 대답에 김 대표가 인상을 팍 쓰고 억지로 웃으며 끼어들었다.

"하하, 우리 윤후가 조금 곤란하면 일단 '네'라고 대답하거든요."

"에이, 설마요. 너 지금 곤란해?"

"아니요."

눈치라고는 전혀 찾아보기 힘든 윤후의 대답에 김 대표의 얼굴이 사정없이 일그러졌고, 킹스터는 그럼 그렇지 하는 얼굴로 백숙을 입에 넣었다. 윤후는 나름대로 생각한 것이 있었고, 자신을 노려보는 김 대표를 보며 으쓱하고는 입을 열었다.

"대신 곡 하나만 들어봐 주실래요?"

"뭔데?"

"어제 쓴 곡인데, 어떤지 들어보세요."

김 대표가 윤후의 등을 치며 급하게 끼어들었다.

"인마, 곡을 썼으면 회사부터 들려줘야지!"

"음, 우리 회사에 힙합 하는 사람 있어요? 그냥 리프 비트 찍어놓은 건데."

"비트? 너 힙합도 만들어?"

"그냥 한번 만들어봤어요. 저분 기획사 연습생들 부르는 거 듣고요."

김 대표는 어쩔 수 없다는 듯 입을 삐죽거렸고, 킹스터는 조금 놀란 얼굴로 윤후를 쳐다봤다. 어쿠스틱 기타로 아날로 그 감성을 뱉어내는 것만 해도 좋았다. 그리고 저번에 보여준 록도 모자라 이번엔 힙합이라는 말에 기가 찼다. 전혀 다른 음악 장르이기에 시험 삼아 만들었다 생각하고 피식 웃었다.

"들어보자."

윤후는 휴대폰으로 Y튜브를 들어가 작업하고 올려둔 곡을 재생시켰다. 시작은 신시사이저로 만든 전자음이 통통 튕기 듯 음을 찍어나가는 것처럼 들렸다. 곡 자체는 상당히 느리게 시작되었다. 네 마디가 끝나고 다시 반복되었고, 다시 시작될 때 드럼 소리가 덮어씌워지며 BPM이 올라가는 소리에 킹스터 는 자신도 모르게 고개를 까딱거리기 시작했다. 중간중간 반 복되는 비트 위에 아주 작게 들리던 피아노 소리가 잠깐씩 크 게 들리자 몸까지 바운스를 타기 시작했다.

"이거 네가 만든 거야?"

"네."

"와, 우리 애들 엄청 좋아할 거 같은데? 아니, 우리 애들뿐 만이 아니라 힙합 하는 애들 이거 들으면 뱉어보고 싶을 거 같다."

윤후는 시큰둥했다. 그런 평가를 원한 것이 아니었다. 지금까지는 생각하면 생각한 대로 음악이 나왔는데 이번에는 이상하게 흥이 나지 않는 곡이라서 자신에게 부족한 것이 무엇인지 궁금할 뿐이었다. 킹스터는 윤후의 휴대폰을 가로채 다시 재생시키고는 귀에 가져다 댔다. 그러고는 윤후를 보며 웃으며 말했다.

"이거 팔려고 만든 거야, 아니면 부르려고 만든 거야?"

"그냥 만들어본 거예요."

"엄청 좋은데? 심심해서 만든 게 이래? 대충 써도 이 정도다 자랑하려고 들려준 거야? 하하! 근데 등록은 했어?"

"강유 형이 해준댔어요."

김 대표는 자신보다 강유가 먼저 들었다는 말에 콧등을 찡그리며 씰룩거렸다. 그리고 킹스터는 강유를 알 리가 없지만 회사 사람이라 생각하며 고개를 끄덕였다. 이어 윤후를 보면서 턱에 난 수염을 만지며 고개를 갸우뚱거렸다. 언더 힙합은 물론 요즘 내로라하는 힙합 가수들을 프로듀싱해 온 자신이 듣기에 전혀 부족함이 없었다. 오히려 이 비트는 위에 어떤 가사를 뱉어내도 굉장히 흥분될 비트였다. 모자람을 전혀 모르겠기에 윤후가 잘못 느끼는 것이라 생각했다.

윤후는 힙합이란 장르의 오랜 경험을 가지고 있는 킹스터도 자신의 부족함을 채우지 못하는 것 같아 약간 씁쓸했다. 그러다가 혼잣말로 탄식하듯이 내뱉었다.

"섞어서 그런가?"

"뭘 섞어?"

"원래 두 곡이에요. 피아노, 드럼이랑 신시, 드럼, 드럼 비트가 같아서 섞어버렸는데."

"응?"

킹스터는 자신이 듣기에는 완벽한 한 곡이었기에 의심이 들었지만, 혹시나 하는 마음에 다시 재생시키고 좀 더 집중했다.

한 번에는 전혀 알아챌 수가 없어 다시 재생시켰고, 조용하게 들리는 피아노 소리에 집중했다. 그러고는 귀에서 휴대폰을 떼고 윤후를 보며 말했다.

"야, 이거 원곡 따로 있어?"

"네."

"들려줘. 빨리."

"집에 있어요."

"가자."

김 대표는 자신보다 더 무데뽀로 들이대는 킹스터의 모습에 고개를 저으며 막았다.

"윤후가 스케줄이 있어서요. 나중에 다시 오시는 게 어떨까요?"

대형 기획사의 손꼽히는 프로듀서인 만큼 정중한 말에 킹스터는 아차 한 얼굴로 사과했다.

"아, 죄송합니다. 갑작스럽게 찾아와서 시간을 뺏었네요."

다행히 말귀를 알아들은 듯 사과하는 모습에 김 대표는 가슴을 쓸어내렸다. 그런데 킹스터가 윤후를 보며 다시 말을 뱉었다.

"스케줄 다녀와. 여기 있을게. 몇 시에 끝나?"

제대로 무데뽀였다.

＊　　　　　＊　　　　　＊

경비실에 앉아 한쪽에 놓아둔 기타를 보던 이진술이 나지막이 말했다.

"형님, 그 친구한테 부탁해도 괜찮겠지요? 형님이 완성 못하고 간 이 기타, 그 친구더러 완성시켜 달라고 하고 싶다우."

완벽하지 않은 기타가 들어 있는 케이스를 쓰다듬었다.

"형님이 봤으면 정말 좋아할 만한 친구입디다. 형님이 그렇게 입에 달고 살았잖수. 심혈을 기울여 만든 기타는 다른 사람이 안았을 때도 가슴으로 전달된다고. 나는 그게 무슨 소린가 했다우. 그 친구 기타를 안아보기 전까지는. 근데 정말 형님 말대로였다우."

이진술은 형이 완성시키지 못한 기타를 윤후에게 부탁할까 하는 마음에 들고 왔다. 그동안은 전혀 그럴 생각이 없었지만, 얼마 전 회식이 있던 날 그 마음이 바뀌었다.

회식을 마치고 집에 돌아온 이진술은 한동안 기타들을 방치해 놓은 창고를 열었다. 방치했다고 하기에는 깔끔하게 청소되어 있었고 하얀 천으로 덮인 기타가 수두룩했다.

그중 차마 완성시키지 못한 기타가 보였다. 그 기타를 보자 회식 때 기타를 만들었다던 윤후가 떠올랐다.

이상하게도 윤후의 노래를 들을 때마다 형이 생각났다. 그래서 윤후라면 이 기타를 완성시켜 줄 것이라 생각하고 들고 온 것이다.

낮에 주려고 했지만 바쁜 것 같아 주지 못하고 한참을 기다렸다.

퇴근 시간이 훌쩍 넘었지만 경비실에 앉아 윤후가 부탁을 들어줄까 하는 걱정을 하며 하염없이 계단을 쳐다보고 있었다. 그러던 중 일을 마쳤는지 윤후가 내려오는 모습이 보였고, 그 뒤에는 낮에 온 킹스터라는 사람이 허겁지겁 따라 내려오고 있었다.

이진술은 바쁜 것 같은 윤후의 모습에 고민하다가 조심스럽게 윤후를 불렀다.

"윤후 군."

*　　　*　　　*

경비 할아버지가 자신을 기다리는 줄 꿈에도 모르는 윤후는 인터뷰를 마치고 킹스터가 옥상에서 자고 있다는 대식의 말에 회사로 돌아왔다.

옥상으로 올라가니 대식의 말대로 정자에 대자로 누워 잠을 자고 있는 킹스터가 보였다.

방송에서 본 모습과 다르게 무데뽀 같은 성격에 아무 데서나 누워 자는 모습이 꽤 인상적이었다. 깨워야 할 텐데 뭐라고 호칭을 해야 할지 잠시 생각하던 윤후는 손가락으로 킹스터의 팔뚝을 툭 찔렀다.

"아저씨."

두어 번 찌르고 나서야 잠에서 깬 킹스터가 누운 상태에서 윤후를 쳐다봤다.

"벌써 끝났어? 여기 너무 좋다. 내가 불면증이 있어 잠을 못 자는데 여기 있으니까 잠이 솔솔 온다."

전혀 불면증이 있어 보이지 않는 모습이다. 윤후는 누워서 기지개를 켜고 있는 킹스터를 보며 말했다.

"작업실에서 새로 찍어 드릴게요."

"그럼 오래 걸리잖아. 바람도 쐴 겸 너희 집으로 가자."

"금방 하니까 여기 계세요."

윤후는 저 사람을 집에 들이면 집에서 안 나갈 것 같은 느낌에 빠르게 2층 작업실로 향했다.

시퀀서 프로그램이 있는 작업실 문을 열고 자리에 앉았다.

정신이 없어 저절로 한숨이 나왔다. 그때, 문이 열리면서 킹스터가 고개를 빠끔히 내밀었다.

"이야, 여기 정말 좋다. 우리 회사보다 훨씬 좋은 거 같아. 옥상도 있지, 3층 전체가 휴게실이지, 게다가 여기는 또 방마다 작업실이지. 천국이야!"

"어떻게 오셨어요?"

2층 작업실로 들어오기 위해서는 현관 도어록을 열어야 하는데 어떻게 들어왔는지 작업실 문을 열고 있는 킹스터였다.

지금까지 겪어본 사람 중에서 김 대표가 제일 피곤한 스타일이었는데 잠깐 만난 킹스터가 훨씬 더한 느낌이다.

"이 앞에 서 있으니까 곰돌이 같은 사람이 문을 열어주던데?"

"음……."

대식이나 두식 둘 중의 하나임을 알고 고개를 끄덕였다. 그 사이 작업실 문을 열고 들어온 킹스터는 윤후의 옆에 앉아 두리번거리며 작업실을 평가했다.

윤후는 이 사람과 엮이기 시작하면 안 될 것 같은 느낌에 컴퓨터가 켜지자 바로 프로그램을 작동했다.

"오, 큐베도 만질 줄 알아? 하긴 요즘 애들은 미디 하나씩은 다 만지더라. 파일 저장돼 있어? 여기서 작업한 거야?"

윤후는 고개를 저으며 귀를 닫고 트랙을 찍기 시작했다.

옆에서 윤후의 모습을 지켜보던 킹스터가 피식 웃으며 입을 열었다.

"뭐 하는 거야? 하하! 안 들어보고 냅다 찍기만 하면 나중에 어떡하려고 그래? 그렇게 하는 게 아니야. 일단 한 마디 찍고 들어본 후에 붙여 넣어야지. 들어보지도 않고 냅다 갖다 붙이기만 하네."

킹스터의 말에도 기본 비트를 찍은 윤후는 가상 악기로 피아노를 불러 필요한 멜로디를 완성시키고 트랙들을 합쳤다.

"이게 아까 피아노 소리 들리던 비트예요."

그러고는 확인차 재생시키자 드럼과 피아노로 이루어진 비트가 울리기 시작했다. 조금은 어두운 듯한 느낌의 비트를 들은 킹스터가 윤후와 컴퓨터를 번갈아 쳐다봤다.

갑자기 조용해진 작업실에 오히려 편안해진 윤후는 트랙을 저장시키고 새로운 곡을 찍기 시작했다. 몇 분이 흐르지 않았을 때 윤후가 키보드에서 손을 내려놓으며 말했다.

"이건 신시랑 드럼 비트고요."

여전히 컴퓨터와 윤후를 번갈아 보고 있던 킹스터는 인상을 찡그리더니 침을 삼켰다. 아무리 자신이 만든 곡이라고 해도 중간 확인도 없이 기계처럼 곡을 찍어내는 모습이 믿을 수 없었다. 이미 입력되어 있는 곡이라면 모를까, 자신이 지켜본 바로는 처음부터 전부 손으로 만들었다.

"너 여기 회사랑 계약 얼마나 남았어? 한 6년 남았어? 내가 이번에 루아 앨범만 끝나면 나가서 하나 차릴 건데 같이하자. 어때? 위약금이야 금방 갚을 거 같은데?"

7년 계약이 보통인 아이돌이었지만, 윤후의 회사 라온은 어째서인지 1년 계약을 기본으로 삼고 있었다. 보통 앨범 하나 준비하고 발매하면 계약이 끝나는 식이었지만, 대부분 재계약을 하고 있는 상태였다.

윤후 역시 지금 사람들이 마음에 들었기에 킹스터와 같이 하고 싶은 마음은 전혀 없었다. 그리고 김 대표보다 훨씬 피곤하게 만들 것 같은 사람과 절대 하고 싶지 않았다.

"이거 메일로 보낼게요. 주소 알려주세요."

킹스터는 그 와중에도 메일 주소를 빠르게 말하고 윤후의 옆에 찰싹 붙어 질문을 쏟아내기 시작했다. 윤후는 듣는 둥 마는 둥 하고서 정리를 하고 방을 나섰다.

"이거 두 곡, 곡비 얼마 줄까?"

"두 곡 아니에요. 총 세 곡이에요. 두 곡이랑 합쳐놓은 것까지. 들어보시고 그냥 이유만 알려주세요. 훙이 왜 안 나는지."

"그래? 그럼 그 이유 알려주면 이거 나 주는 거야? 내가 부르진 않을 거고 생각해 둔 게 있어서 그래."

윤후는 뭔가 불안한 느낌에 대답도 하지 않고 계단을 내려왔다.

뒤에서 따라 내려오면서 계속 자기에게 곡을 달라고 말하는 킹스터의 목소리를 무시하고 계단을 내려오는데 경비실에서 나오는 할아버지가 보였다.

"윤후 군."

"할아버지, 안녕하세요? 퇴근하세요?"

"하하, 윤후 군에게 부탁이 있어서… 기다렸네요."

"낮에 말씀하시지. 제가 뭐 도와드릴 거 있어요?"

"잠시만 기다려 봐요. 오늘 못 만나나 해서 안 들고 나왔어요."

이진술이 경비실로 다시 들어가자 킹스터는 윤후를 위아래로 훑어봤다. 자신과 경비원을 대하는 모습이 전혀 다름에 의아했다. 그러고 보니 이곳 대표라고 하는 사람도 자신과 비슷한 대우를 받지 않았는가.

"너희 할아버지야?"

"아니요."

"그래? 이상하네. 아니, 그것보다 곡 나 주는 거지?"

"아니요."

잠깐 기다리자 경비실 문이 열리면서 이진술이 기타 케이스를 하나 들고 나왔다. 뭔가 미안해하면서도 쓸쓸한 얼굴로 기타를 들고 나오는 모습에 윤후가 먼저 입을 열었다.

"수리하시게요? 제가 봐드릴게요."

"그게 아니라… 아이고, 어려운 부탁이라 미안하네요."

이진술은 기타 케이스를 쓰다듬고서 윤후를 보며 말했다.

"우리 형님이 만들다 만 기타예요. 혹시나 윤후 군이 완성시켜 줄 수 있을까 해서요."

"그럼요. 천천히 만들어도 되죠? 아빠 공방에 가야 하는데 요즘 바빠서요. 괜찮을까요?"

"괜찮고말고요. 해준다고 한 것만으로도 고마운걸요."

이진술은 말을 하다 말고 뒤에서 자신을 유심히 보고 있는 킹스터와 눈이 마주쳤다.

"제가 손님이 계신데 시간을 뺏었네요. 미안합니다."

"아니에요. 괜찮아요. 그것보다 일단 한번 볼게요."

"손님도 계신데 나중에 천천히 봐요. 저도 이만 가봐야 해서."

"괜찮은데… 그럼 내일 회사 나오면 들를게요."

"그래요. 그리고 고마워요, 윤후 군."

이진술은 웃는 얼굴로 윤후에게 인사를 건네고 뒤에 있는 킹스터에게 고개를 살짝 숙인 후 밖으로 향했다. 윤후는 이진술이 바쁘게 간 이유가 킹스터 때문이란 것을 느꼈기에 뒤에서 떠들고 있는 킹스터가 더욱 못마땅했다.

"희한하네. 왜 저 할아버지한테만 살갑게 구는 거야? 그것보다 나한테 줄 거지?"

집요한 물음에 고개를 저으며 주차장으로 향했다. 빠르게 자리를 벗어나려 고개를 숙이고 차 문을 여는데 잠겨 있어 대식에게 전화를 걸었다.

근처에서 밥 먹고 있으니 금방 가겠다는 말에 차 앞에 쪼그려 앉았다.

"너 설마 지금 집에 가려는 건 아니지? 에이, 설마… 음악적으로 얘기도 좀 하고……."

"내일 스케줄이 있어서요."

"하, 그럼 나 그 곡 주는 걸로 알고 있는다?"

윤후는 고개를 젓고 등에 메고 있는 기타를 내려놓았다. 자신이 애용하는 케이스와 비슷한 느낌에 한번 쓰다듬고는 케이스의 지퍼를 열었다.

"그런데 기타도 만들 줄 알아? 아까 들어보니까 그 할아버지가 만들어달라고 그러는 것 같던데? 너 유학파 출신이야? 기타 제작 스쿨 출신이야?"

킹스터의 질문에 간단하게 대꾸만 하고 케이스에 들어 있는 기타를 유심히 살폈다. 바디의 뒷면과 앞면이 분리되어 있고 기타 넥으로 사용하려던 나무가 반쯤 깎다 만 채 들어 있었다.

'메이플 나무네. 어린이용인가? 바디는 OM 바디인데 허리 부분이 이상하게 내 거랑 비슷하네.'

상당히 작은 기타를 가만히 보던 윤후는 바디 상판을 구경하려고 들어보다가 멈춰 버렸다. 어디서 많이 보던 글이 상판 바디에 쓰여 있었다.

익숙한 글씨였다.

Life.

윤후가 기타를 만들 때 기타 할배는 생명을 불어 넣는다며 작업 전에 매직으로 'Life'라고 쓰곤 했다. 그 단어가 지금 경비 할아버지가 건네준 기타에 적혀 있었다. 자신이 잘못 봤나 하는 생각에 눈을 비비고 다시 봤지만, 기타 할배가 적어놓은 'Life'였다.

"이진술… 이건술… 할아버지가 말하던 형님이 기타 할배였어."

윤후는 기타 상판을 든 채 벌떡 일어섰다. 그리고 조금 전에 사라진 이진술이 나간 문을 향해 달리기 시작했다.

"야, 어디 가? 곡 주고 가!"

뒤에서 따라오는 킹스터에게 마음대로 하라고 하곤 이진술이 나간 문을 향해 뛰었다.

어느 쪽으로 갔는지 알 수 없었지만, 윤후는 일단 찾아 헤매기 시작했다.

숨이 턱 끝까지 차도록 달리고 달려도 경비 할아버지는 보이지 않았다. 회사 근처를 한참을 뛰어다녀 온몸이 땀으로 범벅이 되었을 때 옆에 많이 보던 차가 멈춰 섰다.

"뭣 허는 짓거리여, 전화도 안 받고? 사람들 알아보면 어쩌려고 그려? 어여 타."

땀이 비 오듯 흘렀지만 윤후는 차에 타지 않고 계속해서 주변을 둘러봤다.

그 모습을 보던 대식이 한숨을 뱉으며 입을 열었다.

"너, 어르신 찾는 거여?"

전후 사정을 킹스터에게 들은 대식이 혀를 차며 입을 열었고, 윤후는 그제야 대식의 얼굴을 쳐다봤다.

"미련한 놈아, 어르신이 여기 있겠냐? 지하철 타고 벌써 갔지. 아, 이 미련한 놈."

윤후는 그제야 차에 올랐다. 차에는 주차장에 놓고 온 기타 케이스가 놓여 있었다.

"어르신은 왜 찾는 겨?"

"형, 할아버지 집 아세요?"

"알지. 가끔 태워다 드렸으니까. 신도림에 거 있잖여, 공장 잔뜩 있는 데. 거기여."

"저 좀 데려다 주세요."

평소와 다른 윤후의 상기된 모습에 대식은 다른 말을 꺼내지 않았다.

그동안 봐온 윤후의 모습과 달라서 불안하긴 했지만 일단 차를 출발했다.

"어르신이 주신 기타에 문제 있는 겨?"

"아니요."

"그럼 왜 이 오밤중에 그러는 겨?"

"확인할 게 있어서요."

"전화로 허면 안 되는 거여?"

"직접 물어봐야 해요."

대식은 윤후의 단호한 대답에 고개를 끄덕이며 차를 몰았다. 20분 정도 지나자 차가 전등 하나 커지지 않은 어두운 골목으로 들어섰다.

셔터가 내려져 있는 공장들을 지나 좁은 골목으로 들어서서야 차가 멈췄다.

"여기여. 기둘릴게. 같이 가게."

"아니에요."

차 문을 열고 낡은 대문 앞에 선 윤후는 'Life'가 적힌 바디 상판을 들고 떨리는 손으로 벨을 눌렀다. 아무런 반응이 없기에 벨을 두어 번 더 눌렀지만, 아무도 없는 듯 인기척이 없었다.

"할아버지! 할아버지!"

문에 대고 소리치자, 집 안이 아니라 어두운 골목에서 대답이 들렸다.

"누굽니까? 아이고, 윤후 군이 왜 여기를……."

자신보다 먼저 출발했지만 늦게 도착한 이진술을 보자마자 윤후는 바디 상판을 내밀고 다짜고짜 물었다.

"이거 누가 쓴 거예요? Life!"

"이거 우리 형님이 쓰신 거죠. 매번 기타 만들기 전에 살아나라고 'Life'라고 적어놓고는 했죠."

그 말에 윤후는 다리에 힘이 풀렸다. 살아 있던 사람일 거란 생각은 했지만 그 흔적을 이렇게 대면하게 될 줄은 몰랐다.

"윤후 군? 괜찮아요? 왜 그러세요?"

"하, 혹시 성함이 어떻게 되세요?"

"우리 형님이요? 술 자 돌림이에요."

윤후는 할아버지의 입에 눈을 고정한 채 말을 기다렸다.

"이건술이에요. 이름 때문인지 술을 그렇게 좋아했는데……."

"……."

"일단 들어와요. 누추하지만 들어와서 얘기해요."

차에 있던 대식까지 집 안으로 초대한 이진술은 믹스 커피를 타와 거실 바닥에 내려놓았다. 그리고는 멍한 얼굴의 윤후를 의아하게 쳐다보며 입을 열었다.

"늙은이 혼자 사는 집이라 뭐 드릴 것이 없어서… 이거라도 드세요. 그런데 갑자기 찾아오신 이유가… 기타에 무슨 문제라도 있는 건가요?"

윤후는 지금 상황을 어떻게 이해시켜 줘야 할지 몰랐다. 기타 할배의 흔적에 이끌려 찾아오기는 했지만 지금 자신을 보고 있는 할아버지에게 형님이 10년간 자신 안에서 같이 지냈다고 말한다면 믿지 않을 것이다.

말은 못 하고 멍한 상태로 있는 윤후를 보며 오해를 한 이진술이 미안한 듯 입을 열었다.

"아무래도 힘들겠죠? 관리한다고 했는데 십 년이나 지났으니까요. 괜찮습니다. 괜한 부탁으로 신경 쓰이게 만들어서 오히려 미안해요."

여전히 차마 그런 것이 아니라고 말을 하지 못한 윤후는 이진술의 얼굴을 자세히 뜯어보고 있었다. 자신이 알고 있는 기타 할배의 모습이 있는지. 하지만 처음에 느낀 것처럼 전혀 닮지 않았다.

자신이 해리성 정체감 장애를 앓던 사실을 아는 사람은 가족과 병원을 제외하고는 이강유와 김 대표뿐이었다. 그 둘도 앓았다는 것만 알고 있지 그에 대해 물어보지도 않았고 말하지도 않았다.

처음에는 그런 것이 문제가 될 것 같지 않아 말했지만, 점점 사람과 부딪치다 보니 자신이 매우 특이한 경우라는 것을 알았기 때문에 믿기 힘든 얘기를 쉽사리 꺼낼 수 없었다.

윤후는 정신을 차리고 이진술을 보며 어렵게 말을 꺼냈다.

"할아버지, 형님이시라는 분 사진 있어요?"

"어디 잘 다니지 않아서 영정 사진으로 쓰던 것뿐이 없을 텐데. 아이고, 있네요."

이진술은 방으로 들어간 뒤 잠시 후 앨범이 아닌 작은 수첩을 들고 나왔다.

거실 바닥에 앉으며 수첩에 끼어 있던 사진을 꺼내 자신이 먼저 확인하고서 티셔츠에 슥 닦았다.

"자, 우리 형님이 건강할 때 사진이네요."

떨리는 손으로 사진을 받고서 천천히 들여다봤다. 자신이 아는 기타 할배보다는 살이 올라 있는 모습이 사진에 담겨 있었다. 기타 할배의 꼬장꼬장한 모습이 사진으로도 느껴졌다.

'기타 할배, 이렇게 보긴 처음이네요.'

윤후가 사진 속 기타 할배를 한참 동안 쳐다볼 때, 이진술이 수첩에 붙어 있던 사진을 내밀며 말했다.

"우리 형님의 마지막 사진이죠. 병원에서 찍은 사진이긴 하지만. 평소에도 그렇게 웃는 얼굴을 보기 힘들었는데… 이 사진은 활짝 웃고 있어요."

윤후는 수첩을 받아 들어 사진을 보다가 순간 너무 놀란 나머지 숨이 쉬어지지 않았다.

사진 속에는 환자복을 입고 있는 기타 할배와 자신이 아는 백수 아저씨가 보였다. 백수 아저씨와 기타 할배가 같이 있다는 것만으로도 충분히 놀랄 만했지만 윤후를 놀라게 한 것은 그 앞에 있는 사람 때문이었다.

그들의 가운데에는 휠체어에 앉아 있는 사람이 있었고, 그 앞에는 무표정한 얼굴의 아이가 카메라를 들여다보고 있었다.

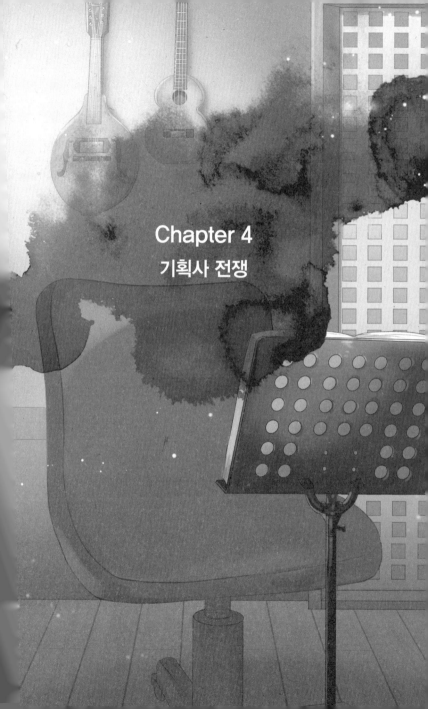

Chapter 4
기획사 전쟁

'엄마?'

사진 속 휠체어에 있는 사람은 윤후가 어릴 때 돌아가신 엄마였다. 환자복을 입고 휠체어에 앉아 있지만 윤후에게도 있는, 웃을 때 왼쪽 볼만 들어가는 보조개가 있었다.

집에 항상 걸려 있는 엄마의 사진이지만, 이렇게 보니 또 다른 느낌이었다. 언제 봐도 포근한 미소였다. 그런 엄마의 손을 잡고 카메라를 쳐다보고 있는 아이가 보였다.

'나도 있어……'

옆에서 지켜보던 대식이 윤후의 어깨너머로 사진을 쳐다보며 말했다.

"저 꼬마, 윤후 너 아니여? 맞네, 맞어. 어릴 때부터 남달랐던 거여? 어째 표정이 한결같어."

"하하, 매니저님도 참. 저희 형님 사진인데. 잘못 보신 겁니다."

"어르신도 함 봐보세유. 똑같어유."

이진술도 멍하니 사진만 보고 있는 윤후의 옆으로 가서 사진을 들여다보았다. 확실히 비슷해 보이는 모습이다.

"윤후 군 맞나요?"

윤후는 이진술의 목소리에 정신을 차리고 숨을 골랐다. 그러고는 고개를 끄덕이며 대답했다.

"네, 저 맞아요. 저희 엄마랑 기타 할배랑 백수 아저씨까지… 전부 다 알고 있어요."

"어떻게 이런 인연이… 그래서 내가 윤후 군이 그렇게 낯이 익었나 보네."

사진을 보던 중 밑에 적혀 있는 글이 눈에 들어왔다.

어린 천재의 미래가 궁금하다. 그 미래를 볼 수 없음이 참으로 아쉽다.

자신에게 쓴 글이라는 것을 느꼈다. 실제로 만난 기억은 없지만 함께 지낸 세월이 10년이나 되었기에 기타 할배가 어떤 마음이었을지 어렴풋이 느껴졌다.

'다 지켜봤잖아요. 이런 글, 내가 볼 줄 몰랐겠네요. 매일 구박만 하더니……'

윤후가 낡은 수첩을 넘겨보니 날짜와 짧은 메모 같은 일기가 적혀 있다. 날짜를 보니 굉장히 오래전부터 써온 것임을 알 수 있었다. 윤후가 일기를 들여다볼 때, 이진술이 여전히 못 믿겠다는 얼굴로 입을 열었다.

"하, 인연도 이런 인연이 없네요. 오늘 건네준 기타 있죠? 그 기타가 우리 형님이 병원에 있기 싫다고 집에 와서 만들다 미처 완성하지 못한 것입니다."

이진술은 기타 할배를 떠올리는 듯 그리움이 가득한 미소를 지으며 말했다.

"아파서 잘 움직이지도 못하던 사람이 집에 와서는 그 기타를 만들더라고요. 주고 싶은 사람이 있다고."

"그게 혹시 저인가요?"

"네, 사진 속 어린 친구라고 말했으니까 윤후 군이 맞겠죠? 완성시키지 못해서 참 아쉬워했어요. 그래도 윤후 군이 이렇게 받게 되었으니 우리 형님도 조금은 편안할 것 같습니다."

기타 상판만 들고 있던 윤후는 'Life'란 글을 보며 감사 인사를 하는 듯 고개를 끄덕였다.

'할배, 말도 없이 가더니 또 이렇게 다시 만났네요.'

낡은 수첩과 기타를 쓰다듬었다. 그 모습을 보던 이진술이 미소를 지으며 말했다.

"윤후 군도 우리 형님이 기억나나 보네요. 어렸을 텐데."

윤후는 눈물이 가득 고인 눈으로 미소를 한가득 머금고 고개를 힘차게 끄덕였다.

"기억나요. 아직도 선명하게."

*　　　　*　　　　*

집에 와서 마주친 정훈이 윤후의 표정을 보고 무슨 일이냐고 물었다. 윤후의 얘기를 듣고 난 정훈도 놀라워했다. 밤새 기타를 보며 앉아 있던 윤후는 기타를 케이스에 차곡차곡 집어넣었다.

윤후는 이른 아침부터 기타 할배의 미완성 기타가 든 케이스를 메고 지하철에 올라탔다. 첫차는 아니지만 꽤 이른 시간임에도 불구하고 많은 사람이 보였다.

맨 끝 칸에 등을 기대고 선 윤후는 낡은 수첩을 꺼내 들었다. 이진술이 자신보다 윤후의 얘기가 많다며 가져가라고 해서 건네받은 수첩이다.

처음 부분은 자신이 알지 못하는 내용이었고, 중간 부분에 자신이라고 추정되는 얘기가 처음 등장했다.


06/8/11

동생 녀석의 성화로 결국 입원하게 되었다. 사람은 죽게 마련
이건만 호들갑은. 병실은 꽤 조용하다. 들어오다 마주친 좀 모자
라 보이는 꼬마 녀석이 노래를 하는데 어린놈이 음정이 너무 정확
하다. 옆에 기타라도 있으면 좋으련만.


06/8/14

신기한 모습을 봤다. 상상만 해온 일이 실제로 가능하다는 것
을 처음 알았다. 저 꼬마 놈, 지금도 라디오에서 나오는 노래를 그
대로 따라 부른다. 말도 제대로 못하는 모자란 놈이 한 번 들으면
완벽하게 따라 한다.


일기를 보던 윤후는 가만히 수첩을 덮었다. 잘 기억은 나지
않지만 자신이 변했다는 것은 알고 있었다. 하지만 기타 할배
까지 대놓고 모자란 놈이라고 적어놓았을 줄은 몰랐다.

'기타 할배는 말하고 행동하고 참 다르다니까.'

자신을 제일 많이 걱정해 주던 것을 알기에 일기를 어떤 마
음으로 적었는지 눈에 선했다. 그에 피식 웃고는 수첩을 다시
펼쳤다. 기타 할배를 추억하며 일기를 읽어나가다 도착할 때

가 된 것 같아 고개를 들었다. 그러자 자신을 쳐다보고 있는 한 무리의 여학생들이 보였다. 윤후와 눈이 마주친 여학생들이 자기들끼리 숙덕거렸고, 그에 이상함을 느낄 때 전화가 울렸다. 스케줄은 오후에 있기에 고개를 갸우뚱거리며 전화를 받았다.

─너 어디여, 이 정신 빠진 놈아?

다짜고짜 소리치는 대식의 목소리에도 윤후는 아무렇지도 않게 대답했다.

"지하철이요."

─그려? 인기 체험하러 지하철 타셨어?

"음."

─지금 어디께여?

"이제 수원역 도착해요."

─수원역에서 어디 가지 말고 내리면 대가리 팍 숙이고 있는 거여. 알겠어?

"무슨 일인데요?"

─지금 SNS에 너 지하철 타고 있다고 돌아댕기는 거 알어, 몰러? 이미 가고 있는 중이여. 그러니까 워디 가지 말고 내려서 그대로 있어.

수원역에 있는 정훈의 공방을 가기 위해 예전처럼 별생각 없이 탄 지하철이다. 수도권에 있는 대학이 많았기에 지하철을 이용하는 학생도 많은 것은 알았지만, 그동안 대식의 차로만 이동한 윤후는 자신을 알아볼 것이라 생각하지 못했다. 전화를 끊은 윤후가 주변을 둘러보자 조금 전 자신과 눈이 마주친 여학생 무리가 다가왔다.

"저기… 혹시… Who 아닌가요?"

"네."

"어머! 맞죠? 내 말이 맞잖아! 저 사인 좀 해주세요!"

"사진도 한 장 찍어주세요! 완전 잘생겼어요!"

"왜 지하철 타고 다니세요? 노래 너무 좋아요."

"흠"

직장인도 있었지만 학생이 많이 타고 있는 지하철이었다.

윤후를 알아본 학생들은 자고 있던 친구들까지 깨운 뒤 윤후를 휴대폰으로 찍기 시작했다. 생각보다 많은 사람이 몰려버렸다.

김 대표와 쌍둥이 매니저들이 왜 밖에 혼자 다니지 말라고 했는지 이제야 알 것 같았다. 그동안은 자신이 이 정도로 인기가 있는지 자각하지 못했다.

윤후가 어쩔 줄 몰라 할 때 뒤에서 자신들끼리 말하는 얘기가 들렸다.

"싫은 티 존나 내네. 표정 봐. 개 띠꺼워."

자신들끼리 말한다고 보기엔 너무 큰 목소리였고, 윤후 역시도 충분히 그렇게 생각할 수 있다고 여기고는 연습한 억지 웃음을 지었다.

"들었나 봐. 인상 개 쓰면서 쳐다보는데?"

역시 실패라는 생각에 표정을 풀고 한숨을 내쉬며 다음 역인 수원역에 도착하길 기다렸다.

마침 지하철이 멈추고 문이 열리자 윤후는 급하게 지하철에서 내렸다. 몇몇 학생이 따라 내리기는 했지만, 다가오지는 않고 멀리서 사진 찍기에 여념이 없었다.

지금 이 상태로는 집에도, 공방에도 가기 힘들 것 같았다.

지하철에서 내린 윤후는 대식의 말대로 고개를 푹 숙였다.

하지만 이미 윤후를 알아보고 사진을 찍고 있는 사람들 때문인지 지나가던 사람들이 윤후를 힐끗힐끗 쳐다봤다.

많은 사람들이 자신의 노래를 들어주는 것은 좋았지만, 기타를 완성하고 싶어 마음이 급한 윤후는 지금의 관심이 부담스러웠다.

한참을 고개를 숙이고 있을 때, 누군가 어깨를 툭 건드렸다. 대식이라는 생각에 반가워 고개를 들자 대식이 아닌 중년의 남자가 윤후에게 커피를 내밀었다.

"내가 요즘 나오는 가수는 잘 모르는데, 그쪽 노래는 항상 듣고 있어요. '조각'이라는 노래, 정말 잘 듣고 있습니다."

커피를 건네며 노래를 잘 듣고 있다는 말에 왠지 모르게 조금 전 부담스럽다고 생각한 자신이 부끄러웠다. 손에 쥔 차가운 커피를 가만히 보던 윤후가 고개를 꾸벅 숙였다.

"감사합니다."

"그래요. 지하철에서 좋아하는 가수도 보고, 오늘 로또나 사야겠네. 하하!"

윤후의 어깨를 토닥이며 갈 길을 가는 중년의 남자를 멍하니 바라볼 때, 뒤에서 씩씩거리며 사람들을 뚫고 오는 대식이 보였다.

대식은 다짜고짜 윤후에게 모자를 뒤집어씌우더니 어깨를 감싸고 사람들을 비켜갔다.

"죄송해요."

"주댕이 싸매고 어여 따라와."

대식은 익숙하게 사람들을 피해 역 근처에 주차되어 있는 차에 올라탔다.

뒤에 탄 윤후는 대식에게 욕먹을 준비를 하고 있었지만, 대식은 오히려 부드럽게 말을 뱉었다.

"어디 갈 일 있으면 나한테 야그하라고 했잖여. 인자 너 혼자 못 댕겨."

"네."

"어디 가고 싶으면 나한테 꼭 말혀. 아침이든 꼭두새벽이든 오밤중이든 상관허지 말고. 그러려고 매니저가 있는 거여. 알

겄는가?"

윤후는 적응이 되지 않는 대식의 부드러운 말에 고개를 끄덕였다. 대식이 윤후의 모습을 보고 피식 웃으며 말했다.

"어디로 가야 혀?"

역에서 가까운 거리에 있었기에 금방 도착했고, 대식과 함께 가구 공방에 들어섰다.

*      *      *

오랜만에 온 공방의 불을 켜며 정훈이 한쪽에 정리해 놓은 자신의 장비를 꺼냈다.

"도와줘?"

"괜찮아요."

"그려. 근디 어렸을 때 아팠담서? 어제 대표님이 얘기해 주더라고. 말허지 그랬냐. 워디가 아팠던 겨?"

조심스럽게 말하는 대식을 보며 왜 대식이 부드럽게 대하는지 알 것 같았다. 평소에도 말은 거칠지만 항상 붙어 다녀서 그런지 어색함이 없었다. 오히려 지금이 더 어색한 윤후가 대식을 보며 말했다.

"지금은 괜찮으니까 걱정 안 하셔도 돼요."

"그려? 암튼 무리허지 말고."

윤후는 당장은 원래대로 돌아오지 않을 것 같은 대식의 말에 고개를 끄덕이고 기타를 꺼내 들었다. 하나하나 균형점이 맞나 체크하고 기타 넥을 깎기 시작했다. 한참을 깎고 또 확인하는 일이 반복되느라 시간 가는 줄 몰랐다.

빨리 완성시키고 싶은 마음 때문인지 얼마 하지 않은 것 같았는데 벌써 스케줄을 준비해야 할 시간이었다.

잠시 쉬었다가 출발하려고 간이침대에서 자고 있는 대식의 옆에 털썩 앉았다. 어제도 자신 때문에 늦게 들어가고 오늘도 자신 때문에 일찍 나온 대식을 고마운 얼굴로 쳐다봤다.

그때 간이침대 옆 의자에 놓아둔 대식의 휴대전화가 울렸다. 대식을 깨울까 하다가 휴대폰을 보니 김 대표였기에 자신이 전화를 받았다.

─너 이 새끼야, 뭐 하고 다니는 거야? 윤후 조심히 데리고 오라니까 왜 지하철 한복판에서 동영상 찍혀서 이 난리 나게 만든 거야?

"……."

─너, 남들이 오해한다고 내가 살갑게 말하라고 했지! 지금 기레기 새끼들이 악덕 기획사니 뭐니 난리도 아니잖아!

"그게 무슨 소리예요?"

─어? 윤후 네가 왜 대식이 전화를 받아?

"잠깐 화장실 갔어요. 그게 무슨 소리예요?"

─아, 아니다. 있다가 대식이 오면 전화하라고 해.

윤후는 전화를 끊자마자 김 대표가 말한 것을 찾아보기 위해 휴대폰으로 인터넷에 들어갔다. 그러자 검색창 옆 실시간 검색어에 회사 이름이 떡하니 자리하고 있는 것이 보였다.

1위 라온 Ent.
2위 노예 계약.
3위 Who.

무엇 때문인지 전혀 알 수 없었기에 검색어를 클릭했다. 그 순간 수많은 기사가 도배되어 있는 것이 눈에 들어왔다.

〈숨 쉴 틈 없는 스케줄에 가수 Who 도망〉
〈지하철역 한복판에서 소속 가수에게 폭언과 폭행을 일삼는 매니저〉
〈무분별한 기획사들의 횡포, 이대로 괜찮은가?〉

자극적인 제목의 기사들이 보였다. 제목만 보고서는 정말 회사에서 자신에게 뭘 했나 하는 생각이 들 정도였다. 그중 제일 눈길을 끈, 매니저를 언급한 기사를 찾아보았다. 기사에 동영상이 링크되어 있어 윤후는 그 동영상을 재생시켰다.

화면에 보이는 사람은 윤후 본인이 맞았다. 자신도 모르는 사이에 올라온 이 기사 내용이 맞나 하고 생각해 봐도 그런 기억은 전혀 없었다. 화면에는 자신이 지하철역에서 죄를 지은 듯 고개를 숙이고 있는 모습이 나오다 누군가에게 커피를 받고 고개를 꾸벅 숙이는 장면이 나왔다. 그리고 나타난 대식이 사람들을 헤치고 나와 윤후에게 모자를 눌러씌웠다. 아무리 봐도 문제가 되는 모습이 없었다.

하지만 기사를 읽어 내려가던 윤후의 인상이 일그러졌다. 말도 안 되는 소설을 그럴싸하게 끄적거려 놓은 기사였다.

지하철역 한가운데에 스케줄에 지쳐 멍한 얼굴은 한 사람은 Who. 수원역에서 사람들에게 둘러싸여 있음에도 고개를 숙인 채 무언가 겁을 먹고 있는 것처럼 보였다. 보다 못한 시민이 건네는 따뜻한 커피를 받아 들고 고개를 땅에 닿도록 숙여 인사하는 모습의 Who. 그러던 중 Who에게 머리를 때리듯 모자를 씌우며 거칠게 욕설을 뱉는 사람이 등장했다. 그에 한껏 겁먹은 Who는 매니저로 보이는 사람에게 납치당하듯 끌려가는 것을 확인할 수 있었다.

"하……."

그냥 소설이었다. 윤후는 다른 기사들도 확인했고, 대부분 회사가 잡아놓은 살인적인 스케줄에 도망치다 잡힌 모습으로 기사가 작성되어 있었다.

다른 회사와 비교하면 절대 노예 계약도 아니었고 살인적인 스케줄도 없었다. 많아야 하루에 하나였고 하기 싫은 것은 절대 시키지 않았다. 철저히 자신을 먼저 생각해 주는 회사인데 말도 안 되는 기사들에 화가 치밀었다.

윤후는 혹시나 하는 마음에 회사에서 만든 자신의 SNS 계정으로 들어갔다. 아니나 다를까, 위로하는 글들이 넘쳐나 있고, 그 글들 사이에는 회사를 향해 해놓은 입에 담기 힘든 욕설도 있었다.

전화기를 꺼내 든 윤후는 김 대표는 물론 회사의 아는 전화란 전화는 다 걸었지만 신호음만 갈 뿐 연결되지 않았다.

윤후의 일을 자신의 일처럼 발 벗고 나서는 사람들인데 이런 대우를 받아서는 안 된다는 생각에 윤후는 잠시 고민하다 이내 펜을 들고 작업대 위에 있는 종이에 글을 써 내려갔다.

*           *           *

"그러니까 애를 왜 그렇게 힘들게 한 거야. 하하하!"

"언젠가는 바로잡겠지만 지금 당장 활동은 끝났다고 봐도 무방할 것 같습니다."

"그래, 수고했어. 하하! 그럼 '기획사 전쟁'에서도 빠지게 되겠지?"

"저희 예상으로는 일단 그렇게 보고 있습니다."

"하하하, 차 실장 덕분에 십 년 묵은 체증이 확 내려가는 것 같네."

오리 엔터의 이성원 대표는 앞에 앉은 남자를 칭찬하며 크게 웃었다. 일전에 밴디스의 곡 때문에 주차장에서 윤후와 마주친 남자였다.

"그래, 적당히 기사값 주고 버티다가 내리라고 하고."

"무슨 말씀이신지……."

"아! 하하하! 그래, 우리는 모르는 일이지."

"네, 그렇죠."

인디 앨범 제작에 있어서는 라이벌이라고 할 수 있는 라온이 도약하자 불안하던 차에 좋은 먹잇감을 발견했다. 밴디스의 일도 허무하게 끝나 버렸고, 기획사 전쟁에서조차 밀려 버렸다. 심지어 라온은 1등까지 하는 쾌거를 이루었다.

거기에서 끝나는 게 아니라 요즘 음원 차트를 몽땅 쓸어 담고 있는 Who까지 보유하고 있는 라온 때문에 자신들의 입지가 좁아지는 듯했다.

오리 엔터에서 Who를 담지는 못하더라도 그가 라온에 있어서는 안 되었다. 차 실장은 그에 고민하던 차 아침에 동영상 하나를 발견한 뒤 알고 있는 기자들에게 넌지시 소스를 건 넸다.

두세 개의 기사로 시작된 상황이 지금은 날개가 돋친 듯 퍼 져 나가 얼마나 커지고 있는지 짐작하기도 어려웠다.

＊　　　　＊　　　　＊

반박 기사도 내보았지만 수많은 기사에 묻힌 이주희는 불 안한 마음에 팬카페에 들어갔다.

아니나 다를까, 팬카페도 라온을 알고 있는 사람들을 제외 하고는 전부 욕을 하고 있었다.

윤후를 괴롭히는 회사에 찾아가 계약 해지하라며 시위하자 는 글까지 보였다.

"하, 이거 이러다 정말 큰일 나겠는데?"

운영자로서 공지를 통해 사태 파악을 제대로 하자며 글을 올렸지만 소용없었다. 회사 사람이냐고 되돌아오는 질문부터 팬이 맞느냐는 글까지 다양했다. 일부 과격한 팬들을 추방하 던 이주희의 눈에 갑자기 올라온 글이 띄었다.

안녕하세요. 신인 가수 Who입니다.

"후 님?"

이주희는 빠르게 글을 클릭했다. 그곳에는 글이 아닌 영상이 올라와 있었다. 영상을 재생하니 공장처럼 보이는 곳에 작업복을 입고 있는 윤후가 보였다.

"정말 노동이라도 시키는 거야?"

윤후의 표정만 보아서는 무슨 말을 뱉을지 감이 안 왔다. 윤후가 카메라를 응시하다가 입을 열었다.


―안녕하세요. 신인 가수 Who입니다. 자주 들어오는 이곳에 첫 인사를 이런 식으로 남기게 되어 죄송합니다. 일단 오늘 있었던 일은 전부 거짓말입니다. 대식이 형이 절 때린 적도 없고, 옆에서 자고 있는 거 보이시나요? 어젯밤에도 제 개인적인 일 때문에 새벽에 들어갔는데, 부주의한 저 때문에 새벽같이 절 마중 나와 피곤한가 봅니다. 쌍식이 형들은 자신들이 밥을 안 먹더라도 저한테 먼저… 이건 아니지. 제가 밥을 안 먹었으면 자신은 먹었더라도 같이 또 먹는 그런 분들입니다. 안 좋은 점이라고 하면 제가 좋아하는 음식이 순댓국인데 생긴 것과 다르게 순댓국을 싫어한다는 것 정도? 하지만 대표님이랑 먹으면 돼서 괜찮습니다. 그거 말고는, 아, 'Who TV' 찍을 때만 빼고는 참 좋은 사람입니다. 그러니까 욕하지 말아주세요. 보기보다 마음이 약한, 흠, 아니, 강할지도?

무표정으로 손에 큰 종이를 들고서 읽어 내려가며 자체적으로 수정까지 하는 윤후의 모습에 웃음이 나왔다. 굉장히 허술한 영상이지만 회사를 도와주고 싶은 마음이 느껴졌다. 대식에게도 도움이 될지는 모르겠지만.

—아무튼 저한테는 사회에서 처음 알게 된 분들입니다. 대표님도 좀 귀찮게 하지만 킹스터 씨를 만나고 나서 대표님은 아무것도 아니란 것도 알았고요. 사무실 직원들도 그런 대표님을 말려줘서 고맙고요. 그리고 1, 3호와 에이토도 항상 반갑게 맞아줘서 고맙고요. 그러니까 욕 좀 그만해 주세요. 그럼 안녕히 계세요.

"푸하하하하! 이게 뭐야?"

말하다 말고 갑자기 인사를 하고 영상이 끊겼다. 사무실에서 크게 웃어 질타를 받기는 했지만 윤후의 영상에 기분이 좋아진 이주희는 고개를 숙이고 영상을 몇 번이나 더 보고 나서야 댓글을 확인했다. 올린 지 얼마 안 된 영상임에도 엄청난 댓글이 달려 있었다. 간혹 가다 아직 믿을 수 없다는 댓글이 보이긴 했지만 대부분 윤후가 말한 것을 믿는 듯했다.

"귀여워!"

그리고 비공을 받은 수많은 댓글도 눈에 들어왔다.

후애: 왜 내 이름은 없어요? ㅜㅜ

그러고 보니 자신의 이름이 없음에 아쉬워하다가 고개를 젓고는 가방을 챙겨 자리에서 일어섰다.

"취재 다녀올게요!"

*     *     *

라온 엔터의 옥탑 사무실 식구들은 정신이 없을 정도로 바쁘게 움직였다. 각종 포털 사이트는 물론이고 신문사에 전화를 하며 큰 소리가 오고 가는 중이다. 많은 기사를 내렸지만 아직도 많이 남아 있는 기사들을 보는 김 대표의 얼굴색이 어두웠다.

"해명 기사는 왜 안 뜨는 거야? 자료 보낸 거 맞아?"

"보냈는데 안 뜨는 거 보면 이걸로 광고비 좀 벌겠다는 거죠."

"거지 같은 새끼들. 하!"

반나절 만에 악덕 기획사의 대표가 되어버린 김기상은 손으로 이마를 짚으며 의자에 몸을 뉘였다. 루머이기에 쉽게 묻힐 것이라 생각했는데 회사 앞에도 기자들이 찾아와 있었다.

"종락아, 미안한데 담배 하나만 줘라."

"끊으셨잖아요."

"하나만 피우게."

김 대표는 담배에 불을 붙이고 옥상 난간에 기대어 회사 앞에 죽치고 있는 기자들과 일부 팬들을 바라봤다. 가수를 그만두고 바로 기획사를 차린 지 벌써 15년이나 되었다. 자신이 겪은 부조리한 일을 후배들은 겪게 해주고 싶지 않았는데, 지금도 자신을 향해 카메라를 들이미는 기자들을 보니 부질없다고 느껴졌다. 누구 하나 알아주지도 않는 일이었지만, 이렇게 말도 안 되는 욕을 먹으니 지치는 마음을 어쩔 수 없었다.

담배 연기를 길게 내뿜을 때 건물 앞에서 누군가가 기자들에게 손가락질하는 것이 보였다. 그 손가락질하는 모습도 카메라에 담는 기자들이다. 그 때문인지 카메라를 뺏으려던 사람이 중지를 올리고는 회사 건물 안으로 들어왔다.

"누구야, 저 미친놈은? 지금 저러면 어쩌자는 거야?"

자세히 보이지 않아서 누구인지는 모르지만, 회사로 들어오는 것을 보면 식구 중 한 명일 것이다. 그 모습에 자포자기의 심정으로 한숨을 길게 내쉴 때, 옥상 문이 열리며 검은 반팔 티셔츠를 입고 올라와 씩씩대는 사람이 보였다.

"Who 어딨어요? 이 자식을! 내가 지금 뭐 하는지도 모르면서!"

기자들과 다툰 사람이 올라오는 모습을 보다가 이내 얼굴을 확인한 김 대표는 지금 이 사람이 여기를 왜 왔는지 의아해 물었다.

"킹스터 씨가 여긴 왜 오셨어요?"

"내가 애들하고 그거 같이 보다가 열받아서 왔죠!"

"오해십니다. 기사와 다르다는 거 아시잖습니까."

씩씩거리는 킹스터도 자신에게 따지러 왔다고 생각한 김 대표는 고개를 저었고, 그 모습을 본 킹스터가 손을 저으며 말했다.

"당연히 아니란 건 알죠. 후 그놈이 영상에 저를 디스해 놔서 열받아서 찾아왔죠."

"영상이요?"

"네! Y튜브에 돌아다니는 영상! 팬카페에 올린 거 사람들이 퍼 나르고 있다고요."

안 좋은 일은 한꺼번에 생기게 마련이기에 김 대표는 또 무슨 일이 생긴 건가 싶었다. 일단 확인이 필요했기에 다 타버린 담배를 끄고 사무실로 향했다.

여전히 바쁜 사무실 모습에 씁쓸한 표정으로 자신의 자리에 앉아, 킹스터가 말한 영상을 보기 위해 최초 유포지인 윤후의 팬카페로 들어갔다.

팬카페의 글이 아니라 메인 화면에 동영상이 떡하니 걸려 있다. 영상을 재생하니 작업복을 입고 있는 윤후의 모습이 화면에 나오기 시작했다.

"하, 꼬라지 봐라. 좀 씻고 찍든지 하지."

원체 말을 잘 안 하는 윤후이기에 무슨 말을 어떻게 내뱉었을지 궁금했다. 얼마나 이상한 말을 했기에 킹스터를 이곳까지 찾아오게 만들었는지.

"너희들도 일단 이거부터 봐."

좁은 사무실에 김 대표 뒤로 식구들이 옹기종기 모여 윤후가 올린 영상을 보기 시작했다. 사무실 식구들은 대식이 자고 있는 모습에 웃음을 터뜨렸다. 김 대표는 지금의 상황도 모르고 또 자고 있는 대식의 모습에 한숨을 내쉬고 윤후의 말에 귀를 기울였다.

큰 종이를 들고 읽어가며 자체적으로 수정하는 모습에 사무실 직원들은 또다시 피식 웃고 말았다.

"어쩐지 식비가 이상하게 많이 나온다 했더니 대식이 놈이 두 끼 처먹는 거였어?"

"하하하, 진짜 웃기네. 쌍식이는 대식이랑 두식이 합쳐 부른 건가?"

"저게 변호를 해주는 건지 디스를 해주는 건지……."

사무실의 적은 인원으로 대처하다 보니 팬카페까지 신경

을 쓸 수 없을 정도로 지쳐 있던 사무실 식구들은 영상을 보며 웃고 있었다. 김 대표 역시 입가를 씰룩이며 웃음을 참고 있었다. 동영상은 금방 끝났고, 김 대표는 자신의 옆에서 인상을 쓰고 있는 킹스터를 보았다.

'이런 걸로 찾아오는 것만 봐도 나보다 더 피곤한 스타일이네.'

윤후의 영상이 당장은 이슈화된 기사들을 내려가게 하지는 못하더라도 자신의 마음을 알아주는 사람이 한 사람이라도 있는 것 같아 뿌듯했다. 다른 사무실 식구들도 마찬가지인 듯 피곤한 얼굴에 미소가 생겼다.

"이건 뭐예요? 윤후 동영상 밑에 있는 글."

팬카페를 살펴보던 중 윤후의 글이 공지로 되어 있고, 윤후의 글 밑에 마찬가지로 공지에 올라가 있는 글이 보였다.

"송이? 윤송? 우리 회사 윤송 말하는 거 맞아?"

"맞는 거 같은데요. 얘가 여기다 뭘 한 거지? 어라? 하나 또 늘었네. 구름 밴드 애들이 왜 여기다가 글을 쓴 거야?"

먼저 윤송이 올린 글을 클릭해서 들어가니 윤후와 마찬가지로 동영상이 올라와 있었다. 이게 무슨 일인가 싶은 김 대표는 동영상을 재생시키자마자 소스라치게 놀라고 말았다.

"얘는 왜 이러냐? 저 분홍색 수면 바지는 뭐야?"

얼굴을 가릴 정도의 큰 뿔테 안경에 머리를 틀어 올린 윤송은 늘어난 티셔츠에 수면 바지를 입고 있었다. 활동을 끝낸 기간이라고 해도 너무 적나라한 모습이다. 그런 모습으로 회사 식구들을 일일이 나열하며 고맙다고 하고는 윤후에게 자신은 왜 언급하지 않았냐는 말을 남겼다.

—전 정말 우리 회사 식구들을 좋아합니다. 전에 직접 담근 김치가 너무 먹고 싶은 적이 있었어요. 그런데 지금 사는 곳이 원룸이다 보니 장소가 마땅치 않아 대표님한테 얘기하고 회사 옥상에서 작게 김장을 했거든요. 그때 도와준 우리 사무실에 있는 선영 언니랑 유미 언니, 김장한 거 한 통씩 다 들고 가서 저만 아무것도 못 들고 가게 해준 쌍식이 오빠들이랑 두 통씩 들고 간 기획 팀장님이랑 우리 대표님, 너무 좋아합니다.

"아, 머리야! 이런 말을 왜 하는 거냐? 애 김치 좀 해줘라."

"윤후 따라 하는 거 같은데요. 그런데 난 김치 한 통뿐이 안 들고 갔는데. 대표님이 세 통 가져가지 않았어요?"

"닥치고, 다른 애들 거 틀어봐."

회사 소속의 오래된 인디 밴드인 구름 밴드 역시 글을 남겼는데 비슷한 내용이었다. 하나같이 추레한 모습에 옹호 같지 않은 옹호를 하면서 회사를 향한 욕을 그만두라고 부탁하는 영상이었다.

"미치겠다. 그런데 애들은 왜 윤후 팬카페에다 글을 쓰는 거야? 여기가 무슨 우리 회사 놀이터야?"

뒤에서 지켜보던 킹스터도 비록 크기는 작지만 끈끈해 보이는 모습에 피식 웃었다. 화가 난 척 이곳까지 온 이유는 이런 모습을 직접 보고 싶어서인 것도 있었다. 거기에다 때마침 만나야 하는 찰나에 좋은 핑곗거리였다.

"이 영상들 퍼져 나가기 시작하면 기사들은 저절로 수그러들 거 같네요."

"그런데 오늘 윤후, 회사에 들어오지 말라고 했는데 어쩌나요?"

"뭐, 괜찮아요. 어차피 만나야 하니까 그때 좀 때리죠, 뭐. 하하!"

킹스터는 미소를 지은 채 김 대표를 보다가 자신이 찾아온 용건을 말해야 하는데 어떻게 꺼내야 할지 난감했다. 자신의 실수이기도 한 일이기에 조심스럽게 김 대표에게 말했다.

"저번에 후가 들려준 곡 있죠?"

"네, 기억하죠."

"그것 때문에 후랑 얘기하기 전에 대표님과 얘기 좀 할까 해서 왔습니다."

"무슨 얘기를? 윤후 곡인데 윤후가 있는 자리에서 하는 것이 좋을 것 같습니다."

웃던 얼굴이 곡 얘기가 나오자 단호하게 바뀌는 김 대표를 보고 킹스터는 미소를 지으며 말했다.

"그렇죠. 이런 회사를 욕하다니, 참. 그래도 일단 먼저 얘기해 드리려고 왔습니다. 후가 직접 건네준 세 개의 비트, 그 위에 랩을 덮었는데 그 과정에서 일이 좀 생겼습니다."

"음, 말씀하세요."

"저희 회사에 힙합 레이블이 있는 건 아실 겁니다. 제가 그 친구들에게 부탁했는데… 불러준 친구들이 전부 곡을 갖고 싶어 합니다."

윤후가 그 곡을 직접 사용한다면 모를까, 아직 활동도 하고 있으니 그 곡에 노래를 부르지는 않을 것 같았다. 그렇기에 지금까지의 얘기로는 나쁜 일은 아닌 것 같았다.

"다들 친분이 있는 녀석들이라 윤후 곡을 돌려 들었나 봅니다."

"그래서요?"

"저희 회사에 데뷔를 앞둔 연습생 아이들이 데뷔곡으로 착각하고 있더라고요. 어쩌다 보니 본부장까지 듣게 되었습니다."

킹스터는 곡을 제대로 관리하지 못한 자신의 잘못을 알기에 김 대표에게 살짝 고개를 숙이고서 말을 이었다.

"이번에 M뮤직에서 저희 회사 연습생들이 국민투표로 데뷔하는 거 알고 계시죠?"

"알죠. 갑자기 그 얘기는 왜? 혹시 윤후를 숲 엔터 오디션에 참여하라고 그러시는 건 아니죠?"

"아니죠. 당연히 아니죠. 회사 기획 회의에서 나온 건데 두 팀으로 나뉘어서 하게 되는 결승 무대에 윤후 곡으로 대결하면 좋을 것 같다는 얘기가 나왔습니다. 물론 제가 확실히 곡을 받은 것이 아니라고, 그래서 내 마음대로 결정할 수 있는 문제가 아니라고 말은 했는데… 다들 꼭 했으면 한다고 해서 제가 대표로 후한테 얘기하고 제대로 곡을 넘겨받는 것이 좋을 것 같아서 찾아왔습니다."

김 대표는 내심 적지 않게 놀라고 있었다. 난 놈은 난 놈이었다. 데뷔한 지 얼마 되지도 않은 짧은 기간에 이슈를 몰고 다니고 있었다. 양대 기획사라고 불리는 숲 엔터였다. 회사에 소속된 작곡가나 뮤지션만 해도 라온의 모든 직원을 합친 것보다 많은 그런 기획사에서 결승 무대에 곡을 쓰고 싶어 할 정도로 인정받고 있었다.

"방송은 언제죠?"

"촬영은 내일부터인데 10주 방송에 마지막이면 두 달 정도 뒤겠네요."

아직까지 음원 차트에 줄 세우기를 하고 있는 윤후이지만,

라온의 뮤지션들은 한 달 정도 활동하니 쉬엄쉬엄하기에 적당
해 보였다. 그래도 윤후에게 얘기하기 전에 일단 물어봐야 할
것이 있었다.

"윤후는 출연 안 하는 거죠?"

"잠깐 나올 수는 있겠죠? 윤후 곡이니까 프로듀싱하는 장
면이 나올 것 같기도 한데 자세히는 모르겠네요."

그 정도면 윤후도 별로 신경 쓸 것 같진 않지만 자신이 바
로 정할 수는 없었다.

"음, 일단 윤후하고 얘기를 해보죠."

*      *      *

라온 엔터 소속의 뮤지션들이 올린 영상 때문인지 기사들
에 달려 있던 악성 댓글에 라온 엔터를 옹호하는 댓글이 섞이
기 시작했다. 한두 개씩 보이던 글이 반을 넘어가는 와중에도
아직까지는 악플이 간간이 보였다. 그런 기사들 때문인지 대
식의 행동이 조심스러웠다. 기사를 보고 있던 윤후를 향해 대
식이 고개를 돌리며 말했다.

"나 어디 좀 들렀다가 올라갈 테니까 먼저 올라가야. 아, 그
리고 옥상 말고 3층 휴게실로 가면 댜."

윤후는 고개를 끄덕이고 건물 안으로 향했다. 경비실에 있

는 이진술에게 인사하려고 했지만 자리에 보이지 않았다. 아쉬움을 뒤로하고 터벅터벅 계단을 올라 3층에 도착하니 문 안에서 시끄러운 소리가 들렸다. 상당히 많은 사람들의 소리가 들린 터라 문 앞에서 들어가야 하나 고민하는 차에 휴게실 문이 열리며 김 대표가 나왔다.

"깜짝이야. 왔으면 들어와야지 왜 이러고 서 있어?"

"흠."

열린 문틈으로 휴게실 안을 보니 밝은 조명부터 촬영을 하기 위한 준비 중으로 보였다. 그 뒤로는 회식 때마다 본 소속밴드들과 윤송, 그리고 한껏 치장을 한 사무실 직원들까지 보였다. 대식에게 듣기로는 오늘이 '기획사 전쟁'의 첫 방이라 다같이 시청하자는 말뿐이었고, 촬영이 있다는 얘기는 듣지 못했다.

"빨리 들어가. 빨리 끝내야 다 같이 본방 보지."

김 대표에게 떠밀려 휴게실 안으로 들어서자 회사 식구들이 윤후를 보며 손짓했다. 그에 고개를 숙여 인사하고 구석으로 가려 했다.

"후 님, 후 님 자리 여기예요! 여기 제 옆에!"

비어 있는 가운데 자리를 가리키는 윤송의 목소리를 못 들은 척하려 했지만, 스태프들의 안내에 이끌려 제일 가운데에 자리를 잡았다. 마이크까지 달고 무슨 일일까 생각할 때 조그

맑게 속삭이는 윤송의 목소리가 들렸다.

"대식 오빠 사건으로 연예통신에서 인터뷰 온 거래요. 원래는 따로따로 인터뷰하려 했는데 저희들이 '기획사 전쟁' 보려고 전부 회사에 있는 거 알고 그냥 라온 엔터 전원이 다 같이 인터뷰하기로 콘셉트가 바뀌었대요. 대식 오빠 문제니까 다들 응했고요."

"네."

그제야 무슨 촬영인지 안 윤후는 고개를 끄덕거렸다. 귀찮기는 했지만 기사 때문인지 얼굴색이 통 안 좋은 대식이 걱정되었기에 가만히 앉아 기다렸다. 그때였다.

"어이고, 이게 다 뭐예유? 무슨 촬영 해유?"

방금 전 먼저 올라가라고 말한 대식이 휴게실로 들어서고 있었다. 좀 전과는 다르게 머리를 세우고 깔끔하게 옷을 갈아입고 온 걸로 봐서는 분명 촬영이 있다는 것을 알고 온 모습이다.

"참, 이걸 워쩐다. 윤후랑 밥 먹으려고 순. 댓. 국도 사 왔는데. 하하!"

윤후가 대식의 모습을 멍하니 바라볼 때, 그 모습을 보던 PD가 대식을 윤후의 옆자리에 앉혔다. 대식이 눈을 찡긋거리고 윤후의 옆에 앉으며 말했다.

"순댓국 못 먹는다고 욕먹어보기는 첨이여. 이상한 소리는 허지 말고. 부탁이여. 알았쟈?"

"알았어요."

며칠 만에 보는 대식의 웃는 모습에 윤후는 고개를 끄덕이고 피식 웃었다. 그때 마침 준비가 다 끝났는지 촬영을 시작하겠다는 말과 함께 대본을 훑어보던 리포터가 인사하며 앞에 앉았다. 회사 식구들이 많아서인지 그다지 어색하게 느껴지지 않았고, 인터뷰 역시도 어렵게 느껴지지 않았다.

"일명 깡패 매니저라고 불리는 영상 때문에 온갖 고초를 겪으셨는데 어떤 내막이 있나요?"

리포터의 질문에 대식이 멋쩍게 웃으며 입을 열었다.

"저도 봤습니다. 친하기에 한 행동이었는데 많은 분들에게 오해를 사게 만들어 죄송스럽게 생각합니다. 일단 윤후를 사랑해 주시는 팬들과 저 때문에 오해를 받으신 수많은 매니저님들에게 깊이 사과드립니다."

"후 씨가 개인적으로 올린 해명 영상을 보기 전까지는 오해할 수밖에 없는 모습이더라고요. 후 씨도 그 영상 보셨나요?"

"네."

리포터는 윤후의 대답 뒤에 나올 말을 기다렸지만 짧게 대답하고 멀뚱히 쳐다보는 윤후의 모습에 당황했다. 하지만 금세 정신을 차리고 윤후에게 질문을 이어나갔다.

"그럼 후 씨의 영상 때문에 지금 인터넷에서 'Who TV'가

재조명되고 있는 건 알고 계시죠?"

"음."

"하하, 저도 봤는데 은근히 중독되더라고요. 앞으로도 계속 기대해도 되는 거죠?"

윤후가 제일 싫어하는 'Who TV'를 기대한다는 리포터의 말에 바로 대답하려 했지만 윤후보다 빠르게 입을 여는 대식이다.

"물론입니다. 앞으로도 후를 사랑해 주시는 팬분들에게 더 가까이 다가가기 위해 노력하겠습니다."

윤후는 자신이 허튼소리라도 할까 봐 어깨를 꾹 잡고 있는 대식을 보고 말을 하려다가 참았다. 그 모습을 본 리포터가 웃으며 입을 열었다.

"두 분 사이가 굉장히 돈독해 보이는데 이번 오해로 마음고생이 심하셨을 것 같아요. 후 씨, 마지막으로 옆에 계신 매니저에게 하고 싶은 말이 있나요?"

윤후는 아직까지 어깨동무를 하고 있는 대식을 가만히 쳐다봤다. 모두가 둘의 모습을 흐뭇하게 바라볼 때, 윤후의 입이 열렸다.

"매번 느끼는 건데 사투리 안 쓰니까 다른 사람 같아요."

"이런 썩을. 할 말이 그거여? 아이고, 죄송혀여. 이건 잘라 주셔유."

대식을 제외한 휴게실에 있는 모두가 피식거렸다. 기껏 마음고생을 했을 매니저에게 한마디 하라고 했더니 이상한 소리를 하는 윤후나 곧바로 받아치는 매니저나 알게 모르게 잘 어울리는 모습이었다.

그 뒤로도 소속 밴드들과 윤송의 회사에 대한 얘기, 오해를 풀기 위한 인터뷰가 한참을 이어지고 나서야 끝이 났다. 라온 식구들은 촬영 스태프들을 도와 뒷정리를 시작했다.

*      *      *

해가 뉘엿뉘엿 지자 휴게실에서 옥상으로 자리를 옮겼다. 옥상으로 올라온 윤후는 어제는 없던 커다란 천막을 보고 서 있었다. 같이 서 있던 대식이 윤후의 모습을 보고 피식 웃으며 입을 열었다.

"대표님이 옥상에서 회식할 때 쓴다고 사다 놓은 거여. 참 색깔하고는. 여기가 포장마차여, 뭐여?"

주황색 지붕의 천막 밑에는 포장마차에서나 봤을 법한 플라스틱 테이블과 의자가 가득 놓여 있었다. 한쪽에서는 김 대표가 그 모습을 뿌듯한 듯 바라보고 있었다.

"여기서 봐요?"

"그런다고 혔으니까 그럴 거여. 어여 가서 앉어."

테이블에는 언제 준비했는지 배달 음식이 한가득 놓여 있었다. 윤후는 대식과 함께 테이블에 앉아 주위를 살폈다. 도대체 이 옥상에서 어떻게 방송을 보겠다는 것인지 의아해할 때 김 대표가 모두를 주목시켰다.

시선이 집중되자 해명 인터뷰를 해서인지, 아니면 기다리던 '기획사 전쟁'의 방송 때문인지 굉장히 인자한 미소로 리모컨을 만지더니 엄지로 자신의 뒤를 가리켰다.

"오, 분위기 있다! 소풍 온 거 같아요, 대표님!"

"우하하하! 그렇지? 역시 송이야! 하하!"

벽 전체에 걸쳐져 있는 스크린을 비추는 빔 프로젝터를 본 윤후는 신기한 듯 화면을 쳐다봤다. 어느새 옆으로 온 연습생들이 그런 윤후를 보며 말했다.

"후 형님, 꼭 야외 영화관 같죠?"

"음, 영화관?"

인터넷이나 TV에서 보던 영화관과는 전혀 다른 모습이었다. 하지만 영화관에 한 번도 가보지 못한 윤후는 진짜 영화관은 아니지만 못 해본 것을 하고 있다는 생각에 약간은 들떠 있었다. 커다란 스크린에 잠깐 광고가 나오더니 바로 시작을 알리는 시청 연령 제한 표시가 보였다. 이어 윤후와 강유의 모습이 나왔다.

"우와! 1등 팀이라고 시작부터 나온다!"

"부럽다! 윤후 씨, 축하해!"

"시작부터 메인으로 잡히고 대박이다!"

MC의 인사도 없고 각 기획사의 인사도 없이 시작되자마자 윤후의 모습이 나온 것이다. 무슨 생각을 하는지 알 수 없는 얼굴로 눈만 깜빡거리는 윤후가 나올 때, 카메라 밖에 있는 작가의 질문이 들렸다.

—혹시 신경 쓰이는 기획사나 라이벌로 여기는 기획사가 있나요?

화면에 윤후의 얼굴이 클로즈업되었다. 화면을 뚫어져라 쳐다보고 있는 모습이 계속되는 찰나 윤후의 입이 천천히 열렸다.

—음, 그런 거 없어요.

옥상에 있던 모두가 윤후의 대답에 깜짝 놀라 천천히 윤후를 쳐다봤다. 여전히 무표정한 얼굴로 화면만 보는 모습에 윤후라면 저런 말을 할 수 있다고 생각하며 모두의 시선이 김 대표에게로 옮겨갔다. 김 대표는 아무런 말 없이 팔짱을 끼고 화면을 바라보며 다음에 나올 말을 기다리고 있었다. 화면에는 윤후의 말이 끝남과 동시에 웃고 있는 강유의 얼굴이 한 번 비춰졌고, 다시 윤후의 얼굴이 클로즈업되었다.

　―아는 분들도 없고요.

　가만히 보고 있던 김 대표는 무표정으로 화면을 보고·있는 윤후를 보더니 고개를 젓고서 강유에게 물었다.

"저렇게 대답한 건 아니지?"

"아니야. 정말 편집 잘했다. 옆에서 같이 있던 나도 정말 저랬나 싶을 정도네."

"하, 편집을 왜 저따위로 해놨어? 시작하자마자 저렇게 나오면 어떡하라고! 아오, 설마 저러고 끝은 아니겠지?"

　강유 역시 당황한 얼굴로 화면을 보고 있었다. 김 대표는 이제 시작이라고 스스로 위안하며 화면에 집중했다. 윤후는 전혀 개의치 않는 얼굴로 화면을 쳐다보고 있었는데 이번에는 작가의 목소리가 아닌 자막으로 질문이 크게 보였다.

　―다른 기획사들이 꾸미는 이번 무대를 어떻게 생각하세요?

　―음, 연습생들이라 아직 부족해서 뭘 해도 비슷할 거예요.

화면에 잡히는 윤후의 무표정 때문인지 질문에 대답하는 모습이 상당히 건방지게 느껴졌다. 김 대표는 한쪽 눈을 찡그리고 사무실 식구들에게 눈짓했다. 이미 휴대폰으로 실시간 채팅을 보던 이종락의 얼굴이 찡그려져 있었다.

　―그럼 라온 엔터가 이번에 1등 하는 데 자신 있다는 소리인가요?

　무표정으로 카메라를 응시하는 윤후의 얼굴이 다시 클로즈업되었다. 몇 초 동안 윤후의 얼굴만 화면에 비치더니 잠시 후 천천히 입술이 열리며 대답이 들렸다.

　―네.

　윤후의 짧은 대답과 함께 다른 기획사들의 인터뷰 영상도 짧게 소개되었다. 라온 엔터의 인터뷰와는 달리 부드럽고 겸손한 말들이 오가는 화면을 보던 김 대표가 입술을 깨물었다.
　"대표님……."
　"일단 다 보고 판단하자."

회사의 마케팅과 A&R 팀장을 맡고 있는 이종락은 연신 휴대폰을 쳐다보느라 화면에 집중하지 못하더니 이내 사무실로 들어가 버렸다. 윤후를 옹호하는 글도 보였지만 대부분 타 기획사 소속의 연예인을 좋아하는 사람들의 악플이 주를 이루었다. 댓글 내용을 알아야 제대로 된 반박 자료를 준비할 수 있기에 지금 이 순간 제일 바쁜 듯 보였다.

윤후의 옆에서 순댓국을 깨작거리던 대식이 불안한 얼굴로 화면을 보고 있는 사람들을 향해 툭하니 말을 뱉었다.

"틀린 말 한 것도 아니잖아유. 1등 했구만. 저래놓고 꼴찌 했으면 모를까. 윤후 너도 잡생각허지 말고 어여 들어. 식으면 맛 없잖여."

전혀 다른 인터뷰 내용과 회사 식구들의 반응에 안 그래도 걱정이 조금 되었다. 아직 이런 방송에 익숙하지 않은 윤후였기에 무슨 상황인지 감이 잡히지 않았지만, 대식의 말에 고개를 끄덕거리며 화면을 쳐다봤다.

화면에는 이번 경연에 참가한 프로듀서들의 인터뷰가 나오고 있었다. 하지만 자신의 인터뷰처럼 자극적이지는 않았다.

오히려 겸손한 인터뷰가 이뤄지고 있었다.

그 때문인지 김 대표는 연신 욕을 해가며 보고 있었다.

그때, 옥상 문이 열리면서 이주희의 얼굴이 보였다. 그녀는 모두에게 고개를 끄덕여 인사를 하고 윤후를 찾아 두리번거렸다.

"오자마자 윤후부터 찾으시기는. 이리 오세요."

윤후도 앞쪽에 자리를 비집고 앉은 이주희에게 고개를 끄덕여 인사를 하고 다시 화면으로 고개를 돌렸다.

스튜디오에서 각 기획사들의 연습생들을 소개하고 있었다. 첫 번째 순서인 만큼 구석에 있던 라온 엔터의 연습생들이 제일 먼저 화면에 비쳤다.

같이 화면을 보던 회사 식구들은 윤후처럼 이상한 편집이 되어 있을까 걱정했지만, 별다른 이상한 점은 없었기에 축하를 건넸다.

그리고 세 번째 오리 엔터의 순서가 되었을 때, 연습생 준희의 목소리가 들렸다.

"아, 이제 생각났다. 어디서 봤나 했더니 3연습실 애들이구나?"

"응? 아는 애들이야?"

"어디서 본 것 같았는데 헷갈렸거든요. 저 KM에 있을 때 몇 번 본 거 같아요. 같은 연습실을 쓰지는 않았는데 월말 평가할 때 봤어요. 나처럼 쫓겨났나?"

"인마, 니가 쫓겨났다고 하면 내가 주워 온 것처럼 되잖아! 이 자식이 말을 해도."

연습생들이 소속사를 옮기는 경우가 종종 있기에 대수롭지 않게 생각했지만, 가만히 얘기를 듣던 이주희만은 눈가가 씰룩거렸다.

다른 기획사들을 취재하기 힘들게 만든 원흉인 오리 엔터였기에 사소한 일에도 신경이 쓰였다. 자신이 너무 예민하다고 생각한 이주희는 고개를 털고 다시 화면을 쳐다봤다.

화면에는 각 기획사의 경연을 준비하는 장면과 거기에 맞는 인터뷰가 적절하게 들어가 있었다. 회사마다 다른 체계를 간접적으로 비교할 수 있는 영상에 때로는 고개를 끄덕거리기도 하고 의아한 듯 고개를 젓기도 하는 모습들이다.

하지만 한참을 지나도 라온 엔터의 모습은 나오지 않았다. 시간을 확인한 김 대표는 입술을 깨물었다.

"왜 이렇게 안 나오는 거야? 1부 끝나겠네!"

김 대표의 말대로 1부가 끝날 때까지 라온 엔터의 모습은 비춰지지 않았다.

＊　　　　＊　　　　＊

방송을 모니터하고 있던 '기획사 전쟁' 팀의 제작진은 제대로 모니터를 할 시간도 없이 실시간으로 올라오는 반응을 체크하느라 정신이 없었다.

김국현 PD는 이미 확인을 마쳤지만, 마지막 작업을 한 믹싱

이 제대로 되었는지 걱정스러움에 화면을 뚫어져라 쳐다봤다.

"PD님, 저거 너무 욕먹지 않을까요? 요새 팬들이 얼마나 무서운데… 조금 걱정돼요."

"괜찮아. 반응은 어때?"

"저 친구, 며칠 전에 매니저 감싸는 영상 때문에 그런지 옹호하는 팬들이 많은데요. 그래도 대부분 신인 주제에 건방지다는 게 대부분이지만, 뭐."

"그래, 생각한 대로네. 어차피 쟤네 노래 나오면 그런 소리 못할 거니까 걱정 마. 극적 연출! 하하!"

김국현은 TV 속에서 무표정으로 대답하는 윤후를 보며 피식 웃었다.

\*　　　　\*　　　　\*

1등을 했음에도 불구하고 처음을 제외하고는 거의 화면에 나오지 않았다. 걱정하던 대로 1부가 끝나자 참다못한 김 대표는 휴대폰을 꺼내 들었다.

"방송국 새끼들, 1등을 했으면 1등의 대우를 해줘야지, 이게 뭐 하는 짓거리야?"

휴대폰으로 전화번호를 검색하고 연신 툴툴대며 전화를 걸었다.

"진짜 이런 식으로 하면 앞으로 하지 말……."

—네, 김국현입니다.

"아, 김 피디님. 방송 잘 봤습니다. 아주 잘 나왔더라고요."

—감사합니다. 저희도 지금 모니터하는 중입니다.

"아이고, 그러시구나. 제가 바쁜데 실례한 건 아닌지 모르겠습니다."

—실례는요. 무엇 때문에 전화 주셨는지 알겠는데… 일단 다 끝나고 전화드려도 괜찮을까요?

"그럼요. 기다리겠습니다."

때려 부술 것처럼 전화를 한 김 대표를 걱정하던 사람들은 순식간에 영업 모드로 변한 모습을 보고는 고개를 저었다.

김 대표도 머쓱한지 헛기침을 하며 다시 윤후의 옆에 가서 앉았다. 김 대표의 모습에 강유가 피식 웃으며 윤후를 보고 말했다.

"지 맘대로 화내고 싶어도 못 내는 자리를 뭐 때문에 한다고. 너희 대표 힘 좀 쓰게 하려면 윤후 네가 더 열심히 해야겠다. 그래야 큰소리도 치지. 맨날 빌빌대서야, 원. 쯧쯧."

"네. 그런데 아무래도 저 때문에 조금 나온 거 같은데……."

"네가 왜?"

"지금까지 예능 나오면 다 편집됐잖아요. 아까 인터뷰 때도 잘 못했고."

예능 프로그램을 많이 한 건 아니지만 첫 방송의 1분으로 시작해 대부분 편집되었기에 자신의 탓이라고 생각했다. 강유가 그런 윤후를 보고 피식 웃으며 말했다.

"네 잘못이 아니야. 결국 1등 했으면 2부에 나오기는 할 건데 인터뷰가 제대로 나오느냐, 안 나오느냐가 걱정되는 거지. 김 대표도 자기 눈으로 확인하고 싶어서 저렇게 조바심 내는 거니까 이해해."

"그려, 걱정허지 말고. 까짓것, 그렇게 나오면 어뗘. 그래놓고 꼴찌 했으면 몰라도 1등이잖여, 1등."

말은 윤후를 위로하느라 별일 아니라고 뱉었지만, 대식과 강유 역시도 신경이 쓰이는지 휴대폰으로 댓글을 확인하느라 바빴다.

초반에 잠깐 나와서인지 당장은 윤후에 대한 댓글이 많지는 않았지만 그렇다고 아예 없지는 않았다.

사전 공개 영상을 본 사람들은 기대하며 기다린다는 댓글을 달았고, 인터뷰 영상만 본 사람들은 이미 인생 끝났다는 댓글을 달아 악플과 선플이 반반씩 달리고 있었다.

2부가 시작되려 할 때쯤 사무실로 들어간 사람들이 나왔다. 조금 더 어두워진 탓에 화면이 선명하게 보이자 아까보다는 조금 더 분위기 있게 느껴졌다.

"대식이 형, 영화관 가봤어요?"

"왜? 나는 영화관 안 가본 사람 가텨?"

"그냥요."

윤후는 말을 하다 말고 고개를 돌려 화면을 쳐다봤다. 광고가 끝나고 어느새 2부의 시작을 알리는 자막이 떴다. 2부도 1부와 마찬가지로 윤후와 강유의 인터뷰로 시작되었다. 그 모습을 본 김 대표가 표정을 찡그리고 스크린을 손가락으로 가리켰다.

"저건 왜 또 보여주는 거야? 하, 진짜 완전히 매장시키려고 그러나."

김 대표의 걱정과는 달리 1부 때와 다르게 제대로 된 인터뷰가 나왔다. 그리고 인터뷰 중간중간 녹음실에 있던 윤후의 모습이 끼어 나왔다. 다른 기획사들과는 다르게 연습생이 아닌 프로듀서에 초점이 맞춰진 느낌이다.

"이제야 제대로 나오네. 그럼 그렇지. 하하! 1부 때 시청률 좀 올려보려고 그랬나 보네. 우리가 이해해야지. 하하!"

불과 몇 분 전까지만 해도 욕을 내뱉던 김 대표였지만 어느새 웃는 얼굴이다.

윤후도 다행이라 생각하며 화면을 쳐다봤다. 한데 이상하게도 2부를 시작한 지 한참 지난 것 같은데 계속해서 라온 엔터의 모습만 나왔다. 그러고는 사전 공개 영상이 화면에 나오기 시작했다.

연주를 하는 장면부터 노래를 부르는 장면까지 절묘하게 편집되어 한 장면처럼 붙여놓았다.

　이어 연습생들을 한 명씩 따로 불러내는 장면이 나왔다.

　화면에 나오는 윤후의 모습은 스스로 느끼기에도 너무 멋있게 포장되어 있었다.

　무표정으로 연습생들에게 말할 때 깔리는 자막부터 연습생들이 틀릴 때마다 지적하고 수정해 주는 모습까지.

　"저거 무슨 '사람이 좋다' 그런 다큐야? 왜 윤후만 저렇게 오래 나와?"

　"전문 프로듀서 같은데? 다시, 다시, 계속 다시래. 너희들 정말 일주일 내내 지적받았어?"

　윤후의 앞에서 얼어붙은 얼굴로 지적받는 연습생들의 모습을 보고 사람들이 묻자 연습생들이 동시에 당당하게 입을 열었다.

　"정확하게 지적해 주신 거예요. 감사합니다, 후 형님."

　연습생들이 눈을 반짝이며 윤후를 볼 때, 화면은 어느새 무대를 비추고 있었다. 2부가 시작하고서 라온 엔터의 연습생들이 무대에 설 때까지 다른 기획사는 일절 비추지 않고 오로지 라온 엔터의 모습만 잡고 있었다.

　그리고 '기획사 전쟁'의 첫 무대가 시작되었다.

　화면에 방청객들의 기대 어린 시선이 잡히며 동시에 무대가 시작되었다. 윤후는 이미 현장에서 봤지만 화면으로 보는 연습생들의 모습은 그때와 또 다르게 느껴졌다.

연습생들의 살아 있는 표정이 화면 가득 비추었다.

"멋있네."

"정말요? 후 형님, 감사합니다!"

"횬 니, 사랑해요."

멋있다는 말이 부족할 만큼 정성스럽게 카메라에 담은 모습이다. 게다가 간간이 더해지는 자막으로 최대한 현장 분위기를 담으려 한 노력이 느껴졌다.

"준희 너 보고 전율의 보이스래! 와, 대박이다! 뭐야? 너 혹시 울어?"

"아니야. 너무 좋다. 여기로 오길 정말 잘했다."

어느새 윤후의 옆에서 세 연습생은 자신들끼리 부둥켜안은 채 화면을 보고 있었다. 화면에는 무대를 마치고 웃는 얼굴로 인사하는 연습생들이 보였고, 잠시 후 스튜디오에서 지켜보던 윤후와 강유의 모습으로 화면이 바뀌었다.

무대를 보고 벌떡 일어나 박수를 치고 있는 강유를 보고 연습생들이 서로를 보며 씨익 웃었다. 김 대표 역시 멋쩍게 웃고 있는 강유에게 웃으며 말했다.

"어우, 아재처럼 촌스럽게 브라보가 뭐야? 록을 했으면 로큰롤 이런 걸로 하지. 윤후 네가 쪽팔렸겠다."

"시끄럽다."

강유의 모습에서 옮겨간 카메라가 윤후의 얼굴을 천천히 클로즈업하고 있었다. 화면에 무표정으로 있던 윤후의 입꼬리가 살짝 올라가며 조용하게 말을 뱉는 모습이 잡혔다.

—브라보.

똑같은 놈들이라고 고개를 저은 김 대표는 말과는 다르게 환하게 웃고 있었다.

*          *          *

"쟤네들, 연습생 맞아? 우리처럼 어디서 빌려온 거 아니야?"

"맞습니다. 저번에 보고드린 연습생들입니다."

"흠, 저런 애들이 뭐가 아쉬워서 라온에 있는 건데? Who라는 놈도 그렇고. 도대체 왜 보잘것없는 라온에 있는 건데?"

"보셨다시피 이번 곡도 후의 곡입니다. 연습생들이 잘한 것보다 Who의 영향력이 생각보다 큰 것 같습니다."

오리 엔터의 이성원은 자신들과 비슷한 위치에 놓인 라온 엔터의 무대를 보고 충격을 받았다.

연습생들까지 빌려와 이번 방송을 준비했건만 자신들은 꼴찌를 했고, 그와 달리 라온 엔터는 쟁쟁한 기획사들을 제치고 1등을 했다.

조금이라도 자신들이 위에 있다는 생각이 흔들리고 있었다.

"그 무식한 새끼도 묻혔지?"

"네, 그것도 Who가 영상을 올리는 바람에 오히려 매니저 웅호 영상이 퍼져 나갔습니다."

"하, 저놈, 우리랑 참 상성이 안 맞아."

이성원은 무대를 끝내고 윤후에게 인사하는 연습생들을 보며 앞에 있는 차 실장에게 말했다.

"인팩트의 우 기자 연락 가능하지?"

"네, 연락하겠습니다."

"그래. 후라는 놈 탈탈 털어보라고 해. 저거 계속 저렇게 나가다가 큰일 난다. 김기상이가 회사 조금만 더 커져도 밴드 애들 다 처먹으려고 할 거야. 알지?"

"네, 준비하겠습니다."

"그래, 알아서 잘 하고. 참, KM에서 빌려온 애들 일단 휴가 줘. 매형네서 곡 받고 우리 쪽에서 데뷔시킬 거니까."

\*　　　　\*　　　　\*

방송에서 1등을 차지한 장면을 보고 난 김 대표는 빔 프로젝터를 끄고 벽을 본 채 한참을 서 있었다. 모두가 그런 김 대표를 보고 흐뭇한 미소를 짓고 있을 때, 사무실 전화를 시작으로 김 대표와 직원들의 휴대전화가 울리기 시작했다. 김 대표는 뒤를 돌아 휴대전화를 가리키며 말했다.

"시작인가 보다. 나가서 술이라도 한잔하고 싶은데 보다시피 오늘은 여기서 끝내야겠다. 다들 돌아가고 윤후는 나랑 얘기 좀 하자."

김 대표의 말이 끝나자 다들 정리를 시작했다. 생각보다 음식이 많이 남았지만 전혀 문제 되지 않았다. 서로 남은 음식을 가져가려 하는 인디 밴드들의 모습에 김 대표는 약간 씁쓸한 표정을 지었다.

정리가 빠르게 끝나자 하나둘씩 인사를 하고 옥상 문을 나섰다. 이주희는 연습생들과 인터뷰를 한다며 3층 휴게실로 사라졌고, 사무실 직원들과 매니저마저 사무실로 들어가자 김 대표는 윤후에게 어깨동무를 하며 말했다.

"수고했다. 커피 한잔할래?"

회사 옆에 위치한 작은 커피숍으로 간 윤후는 달달한 커피를 홀짝거리며 김 대표를 쳐다봤다. 뜸을 들이는 걸로 봐서는 분명 귀찮은 일을 시킬 것 같았다. 아니나 다를까, 김 대표의 입이 열렸다.

"너, 내일 스케줄 없지?"

"있어요."

"어? 내가 스케줄 확인할 때는 없었는데?"

"개인적인 스케줄이에요."

"야, 그런 게 어디 있어? 너 인마, 또 지하철 타고 기사 나고 싶어? 아직도 그거 글 올라오는 거 몰라? 어디 가려고 그러는데?"

"공방이요."

핑계가 아니라 내일은 스케줄이 없기에 기타 할배가 남겨 준 기타를 만들려고 기다리던 날이다. 기타를 건네받고 오해의 기사가 터진 날 이후 손도 대보지 못했는데 김 대표의 눈빛이 윤후를 불안하게 만들었다.

"'Who TV' 절대 안 해요."

"하려고도 안 했거든? 너 킹스터한테 곡 넘겨준 거 기억나?"

"네."

"그거 때문에 말이야. 그 비트 위에 숲 엔터 애들이 다 부르고 싶어 한단다. 하하!"

김 대표는 윤후가 자랑스럽다는 얼굴로 웃으며 말했고, 윤후는 김 대표를 의심스럽다는 듯 쳐다봤다. 뭔가 귀찮은 일을 시킬 것 같은 느낌이다.

"그게 왜요?"

"그러니까… 그걸로 방송을 하고 싶대. 오디션 프로그램에서 네 곡을 쓰고 싶다는데? 넌 어떻게 생각해? 할래?"

"또 인터뷰하고 그래야 돼요?"

"아니, 뭐 잠깐 촬영은 한다는 거 같던데? 그나저나 일단 너, 인터뷰 연습 좀 해야겠어. '안녕하세요'랑 '죄송합니다'는 연습 잘하고 있냐?"

"네."

김 대표는 윤후를 쳐다보며 피식 웃었다. 시키면 싫어하면서도 은근히 다 하고 있었다. 그것도 무척이나 열심히.

"할 거면 지금 말해. 강유한테 얘기해 놔야 하니까."

"안 해도 돼요?"

"하기 싫으면 하지 마. 그런데 어차피 그 곡 방송하다가 만들어본 거라며. 네가 안 부를 거면 숲에 주는 게 좋을걸. 걔네가 방송까지 한 애들 가만히 내버려 두겠어?"

김 대표는 여전히 빨대를 입에 물고 있는 윤후를 보며 웃고 말을 이었다.

"안 봐도 미친 듯이 홍보할 거다. 그거 다 돈이야."

"흠, 내일 하루만 하면 돼요?"

"내일 촬영 아니라니까 가서 콘셉트만 듣고 와. 나도 자세히는 못 들어서 가고 싶은데 바빠서 강유 보내는 거니까."

"알았어요. 막 촬영하라고 하면 안 해도 되죠?"

김 대표는 계속 확인하는 윤후가 어이없는지 헛웃음을 내뱉었다. 딱 봐도 인터뷰 때문이라는 것이 눈에 들어왔다.

"참 나, 너 어차피 할 것도 없잖아?"

"기타 만들어야 해요."

"뭐 기타를 또 만들어?"

김 대표는 자신의 질문에 갑자기 표정이 변하는 윤후의 모습을 보곤 깜짝 놀랐다.

"그런 게 있어요. 흐흐."

"뭐, 뭐야? 왜 갑자기 웃어?"

윤후는 뭐가 좋은지 실실 웃고 있었다.

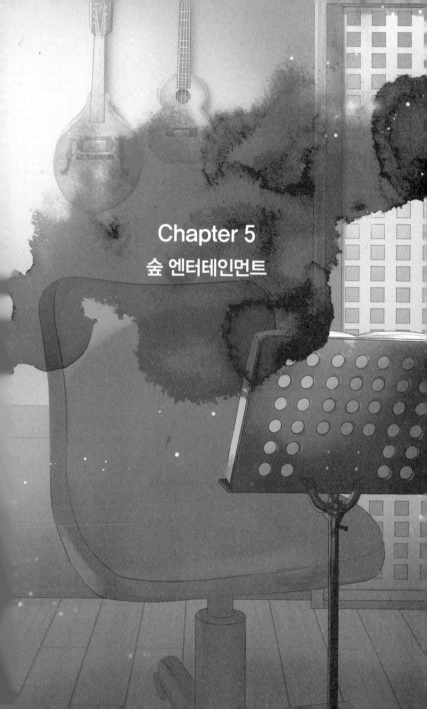

# Chapter 5
## 숲 엔터테인먼트

　라온 엔터의 3층 휴게실에 앉아 있는 연습생들이 자신들의 앞에 놓인 종이를 보며 인상을 찌푸리고 있었다. 방송 이후 실시간 검색어까지 올랐고, 앞으로 화려한 데뷔만 남은 얼굴들이 아니었다. 그런 연습생들을 쳐다보던 김 대표가 크게 웃으며 말했다.

　"감격스럽냐? 자식들이. 비록 작명소에서 지은 건 아니지만 내 나름대로 엄청 신경 쓴 거니까 하나 골라. 하하하하!"

　다시 종이를 한참 보던 동성이 첫 번째에 적힌 '삼총사'를 찍고 에이토와 준희를 쳐다봤다. 고개를 젓는 모습에 하나하나 내려가다가 결국 맨 밑까지 내려오자 그중 그나마 제일 괜찮다 싶은 걸 발견한 멤버들이 다 같이 고개를 끄덕거렸다.

"저희 'OTT'로 하는 게 어떨까요?"

"그거? 그게 왜 적혀 있냐. 그거 윤후가 끄적거려 놓은 거 같은데."

윤후의 추종자들답게 윤후의 이름을 듣자마자 얼굴이 밝아졌다. 그러더니 셋이 동시에 입을 열었다.

"저희 'OTT'로 할래요! 근데 'OTT'가 뭐예요?"

"윤후가 뭐라 그랬는데 그냥 헛소리 같고, 내가 봤을 땐, 음……."

김 대표는 자신을 보고 있는 동성부터 에이토와 준희까지 차례로 가리키며 입을 열었다.

"One, Two, Three. 1, 2, 3호 말하는 거 아닐까?"

"에이, 설마요."

아닐 거라고 내뱉은 말과는 다르게 연습생들은 다시 불안한 얼굴로 변해 버렸다.


*       *       *


대식이 운전하는 승합차가 커다란 건물 입구로 들어서자 윤후는 창문 밖으로 보이는 건물의 외관을 뚫어져라 쳐다봤다. 라온 엔터와 전혀 다른 모습이었다. 건물 벽 전체에 커다란 한글로 쓰인 숲이라는 글이 보였다. 대식 역시 처음 와보는 터라 창문으로 주변을 둘러보기에 여념이 없었다.

"엄청 크네. 그쟈?"

"네."

"좋지? 당연한 거야. 우리나라 양대 기획사 중 하나잖아."

방송이 끝난 뒤 정신 차릴 새도 없이 바쁜 김 대표를 대신해서 온 이강유가 윤후의 모습을 보며 피식 웃었다.

"저기 오네."

세련되어 보이는 건물과 다르게 반바지 차림에 슬리퍼를 질질 끌고 승합차로 다가오는 킹스터의 모습이 보였다. 세 사람은 차에서 내려 킹스터에게 다가갔다.

"일찍 오셨네요. 후 너는 오랜만이다?"

"네."

반가움에 윤후의 어깨를 가볍게 치려는 킹스터였지만, 윤후가 재빠르게 피해 버렸다. 머쓱한 상황에도 킹스터는 웃으며 윤후를 봤다.

"까칠하기는. 올라가자. 피디님과 매니저님도 같이 올라가시죠."

건물 안으로 들어서니 확실히 라온 엔터와는 달랐다. 텅 빈 로비에서 엘리베이터에 오르던 대식이 윤후의 귀에 속삭였다.

"너 다음에 계약헐 때 말이여, 대표님헌테 여기처럼 엘리베이터 놓자고 혀라."

대식의 말에 별생각 없이 고개를 끄덕일 때 킹스터가 웃으면서 말했다.

"너 다음에 나랑 같이하기로 했잖아. 잊은 거 아니지?"

농담처럼 건넨 킹스터의 말에 대식이 화들짝 놀라며 윤후를 향해 고개를 빠르게 돌렸다.

"아니에요. 그런 적 없어요."

킹스터가 윤후의 대답에 안도하는 대식을 보며 피식 웃을 때, 엘리베이터가 도착했다. 통유리 덕분에 사무실 내부가 보이는 복도를 걷던 윤후가 고개를 갸우뚱거렸다. 노래를 들어 보려 왔기에 녹음실이나 연습실 정도를 생각하고 있었는데 킹스터가 안내하는 곳은 숲 엔터의 직원들이 모여 있는 사무실 쪽이었다. 직원들이 보이는 사무실을 지나 따로 분리되어 있는 문 앞에 선 윤후가 킹스터를 쳐다보며 말했다.

"콘텐츠 기획 팀이 뭔데요?"

"응? 네 곡 계약해야지. 그거 설명 들어봐야 할 거 아니야."

"음, 콘셉트만 들어보려고 했는데요."

"야, 계약이 돼야 우리가 콘셉트를 정하든 뭘 하든 할 거 아니냐. 들어가자. 기다리고 있어."

콘텐츠 기획 팀이라고 적힌 문을 열고 들어서자 깔끔해 보이는 차림의 남자가 자리에서 일어나 다가왔다. 킹스터와는 친한지 주먹을 부딪치며 인사한 뒤 윤후의 앞에 섰다.

"반가워요. 기획 제작 팀 정광영이라고 해요."

"네, 안녕하세요. 신인 가수 Who입니다."

"하하, 어제도 그렇고 영상들도 그렇고 잘 봤어요. 일단 앉아서 얘기하시죠. 커피 마실래요, 아니면 주스?"

"캐러멜 마끼아또요."

대식이 자신의 취향을 확실히 말하는 윤후의 등을 때리며 말했다.

"그냥 믹스 커피나 처묵어. 뭘 마끼아또여. 맡겨논 거여?"

"하하, 아닙니다. 어차피 2층 카페에서 사 오라고 할 거니까 걱정 말고 드시고 싶은 거 드세요."

*　　　　*　　　　*

회의실로 안내를 받은 윤후가 옆에서 두리번거리는 대식과 강유를 보며 물었다.

"흠, 오디션 보는데 제가 왜 필요해요?"

"나도 잘 몰라. 그래서 들어보기 위해 온 거. 대충 듣기로는 여기 기획 팀이 방송으로 제작해 보고 싶다고 하더라. 그래서 오늘 저작권 등 세부적인 사항 논의하려고 보자고 한 거래."

얘기를 들어보니 하루 이틀에 끝날 일이 아니었다. 하루빨리 기타를 완성하고 싶은 마음인데 제동이 걸려 버렸다. 그다지 하고 싶은 생각도 없거니와 '기획사 전쟁'에 출연하는 것만으로도 충분하다는 생각이었다. 그때, 회의실 문을 열고 킹스터와 조금 전 소개받은 정광영이라는 사람이 함께 들어섰다. 사 들고 온 커피를 나눠 주고 테이블 위에 종이를 꺼내며 입을 열었다.

"일단 라온 대표님과 얘기했는데 윤후 씨도 한번 보세요. 여기 저희가 짜놓은 기획서입니다."

윤후 일행은 기획서를 들고 천천히 읽어 내려갔다. 작은 글씨가 빼곡한 종이를 읽던 윤후가 정광영을 보고 물었다.

"시즌1이면 또 한다는 건가요?"

"또 하시게요? 하하! 일단 기획서에 그렇게 써놓은 겁니다. 방송은 케이블 M뮤직지만 콘텐츠는 저희 회사에서 제작하거든요. 제작해서 넘길 때 우리는 이미 다음 시즌도 준비 중이다, 이런 걸 보여주려고 그런 거죠. 하하!"

고개를 끄덕거리고 또다시 읽어 내려가던 윤후가 다시 고개를 들었다.

"저는 하루만 촬영하네요."

"그렇죠. 저희가 담으려고 하는 건 오디션을 준비하는 과정과 노력이거든요. 이곳에도 성공한 가수가 있는 반면 그렇지 못한 가수들도 있고, 오랜 기간 동안 연습생으로 있는 아이들도 있으니까요. 그런 사람들의 꿈을 이루는 과정을 담으려고 하는 거고요. 후 씨는 마지막 촬영할 때 제일 마음에 들게 부른 사람 뽑을 때만 잠깐 얼굴 비추시고, 후 씨 곡이니까 프로듀싱에만 잠깐 참여하면 되죠."

가만히 말을 듣던 강유가 얼굴을 찡그리고 입을 열었다.

"아직 데뷔한 지 얼마 되지 않은 녀석입니다. 방송에서 신인인 윤후가 누구를 평가한다면 이미지가 건방져 보일 것 같은데요. 게다가 힙합을 전문적으로 하는 가수도 아닌데 심사를 보면 사람들이 뭐라고 생각할까요."

"하하, 걱정 마세요. 일단 인터뷰 형식으로 나갈 거거든요. 방송 초반에 데뷔곡은 완성되어 있다고 알릴 거고요. 여러 뮤지션의 블라인드 테스트로 비트를 평가하는 장면도 넣을 생각입니다. 비트를 들어보니 어떠냐? 비트의 주인이 신인이라도 괜찮은가? 이런 식으로 말이죠. 그리고 저희 쪽에서는 킹스터가 프로듀서로 같이 나서서 안 좋은 말은 대부분 킹스터가 할 겁니다. 그리고 보시다시피 저희가 방송 끝내고 내는 음원은 킹스터에게 주신 세 개 그대로 나갈 겁니다."

기획서를 읽어보고 그에 대한 애기도 듣다 보니 번거롭거나 어려운 일처럼 느껴지지는 않았다. 하루 동안 자신이 만든 곡을 듣기만 하면 되는 것이었다.

"그럼 계약하시겠습니까? 저희가 따로 준비해서 찾아뵐까 하는데."

강유가 윤후를 보더니 고개를 끄덕이고 입을 열었다.

"일단 회사에 돌아가 긍정적으로 검토해 보겠습니다. 윤후의 이미지에도 도움이 될 것 같으니 다른 의견은 없을 것 같긴 합니다."

그때, 가만히 있던 윤후가 입을 열었다.

"미리 들어볼 수 있어요? 마음에 안 들면 주기 싫은데……."

"하하, 정말 부족하지 않은 아이들로 최선을 다해 만들 테니 걱정하지 마세요. 기간도 많이 남았으니 충분히 연습시키겠습니다. 하하하!"

정 PD의 확신에 찬 말에도 윤후는 당장 들어볼 수 없음을 아쉬워했다.

*        *        *

해가 질 무렵 공방에 도착한 윤후는 이곳까지 데려다준 대식에게 인사를 하고 공방 문을 열었다. 한창 작업 중이었는지 공방 안은 톱밥으로 가득해 발 디딜 틈도 없었다.

"아빠, 저 왔어요."

"아들! 정신없지? 금방 치우니까 조금만 기다려."

윤후는 널브러져 있는 공구와 목재들을 치우며 공방의 작은 작업실로 향했다. 작업대 위에는 며칠 전에 작업하던 기타가 그대로 놓여 있었다.

"오자마자 작업하려고? 조금 쉬었다가 하지 그래?"

"괜찮아요. 오늘 못하면 또 당분간 못 할 거 같아요."

"그렇게 바빠? 그렇게 바쁘면 아빠 공방 그만하고. 하하하!"

숙이고 있던 허리를 펴며 말한 정훈은 자신의 말에 웃고 있는 윤후를 쳐다봤다. 아직 제대로 감정을 내보이지는 않지만, 지금의 모습만으로도 충분히 뿌듯했다. 윤후의 방송 출연을 볼 때마다 관객들 앞에서 해맑게 미소 짓는 윤후의 모습이 새로웠다. 윤후와 마주하는 시간은 적어졌지만, 지금 윤후의 모습만으로도 충분히 만족스러웠다.

"아들, 오늘은 어땠어? 오늘은 신정은 만나봤어?"

"배우랑 마주칠 일 별로 없다니까요."

"매일 1등 하는 아들이 못 만날 정도면 역시 대배우네."

윤후는 정훈이 장난처럼 하는 말에 살짝 웃고는 작업용 앞치마를 둘렀다. 그러고서 필요한 도구들을 하나하나 작업대 위에 올려놓고 가만히 내려다볼 때, 정훈이 작업복을 벗으며 말했다.

"아들, 밥 안 먹었지? 오랜만에 김밥이랑 만두 사다 먹자. 아빠가 쏜다."

"네, 다녀오세요."

정훈은 생각보다 심심한 윤후의 반응에 입을 씰룩거리고는 공방을 나섰다. 공방에 혼자 남은 윤후는 바디 상판에 적혀 있는 'Life'란 글귀를 보며 말했다.

"이번엔 안 지울게요. 괜찮죠?"

혼자 대답하고 혼자 고개를 끄덕이던 윤후는 기타 바디 안의 속태를 붙이기 위한 브레이싱 작업을 하기 위해 직접 펜으로 그리려 했다. 그때, 공방 문이 열리는 소리가 들렸다.

"벌써 오셨어요?"

"실례합니다."

고개를 들어 공방 문 쪽을 쳐다보니 정훈이 아닌 처음 보는 남자가 보였다. 작업을 시작하려 할 때 찾아온 방문객이 반갑지 않았지만, 일단 공방의 손님이기에 작업실을 나섰다.

"어떻게 오셨어요?"

"가구 좀 보러 왔습니다."

"음, 사장님 금방 오실 테니까 팸플릿이라도 보고 계세요."

윤후는 바닥에 널려 있는 톱밥들을 대충 치우고 플라스틱 의자를 건넸다. 그러고는 다시 팔 토시를 끼며 작업실로 향하려 했다.

"여기 직원이세요?"

"아들이에요."

"아하, 그렇군요. 생김새가 공방이랑 안 어울리셔서. 하하! 여자 친구가 힘든 일 하면 싫어하지 않아요?"

"여자 친구 없어요. 그럼 전 할 일이 있어서. 금방 오실 테니 기다리세요."

윤후는 대수롭지 않게 여기고 뒤돌아섰는데 무엇이 궁금한지 손님으로 온 남자의 말이 이어졌다.

"그럼 여기는 시간 날 때 아버지 도와드리러 오는 거예요? 대학생?"

"흠, 전 가구 만들 줄 모르고요, 학생 아닙니다."

"졸업했어요? 아직 학생 같아서 그만 실례했네요. 제 막냇동생이랑 비슷한 나이 같은데 그 녀석은 매일 클럽만 다니거든요. 혹시 후 씨도 클럽 좋아하세요?"

남자가 혼자 질문하고 혼자 놀라는 모습을 본 윤후는 이상한 사람이라 생각하고 대답했다.

"한 번도 안 가봤어요. 전 바빠서."

더 이상 남자의 질문은 이어지지 않았지만, 의자에 앉은 채 작업실을 뚫어져라 쳐다보는 통에 집중을 할 수가 없었다. 게다가 꼼지락거리는 손이 신경 쓰였다.

딘이 말해주던 초보들이 면도칼을 꺼내려는 모습과 비슷하게 느껴졌다.

'뭐 훔쳐 가려고 온 건가? 흠.'

*　　　　*　　　　*

　가구 공방을 나와 자신의 차로 돌아온 우 기자는 뒤를 돌아 공방을 다시 쳐다봤다. 본래 알아차리지 못하게 취재를 해왔건만, 이상할 정도로 정보가 없었다.

　취재하기 전 제일 먼저 출신 학교와 학교생활부터 시작했지만, 후는 그런 정보 자체가 없었다.

　그래서 어쩔 수 없이 알아차리지 못하게 취재한다는 철칙을 포기하고 윤후가 들어간 공방에 손님으로 가장하고 들어섰다.

　윤후는 낮부터 지금까지 따라다니면서 계속 찍은 무표정의 얼굴로 다가왔다. 내뱉는 말은 표정과 다르게 정중했기에 약간 안정을 찾은 우 기자는 가벼운 질문들을 툭 던졌지만, 이상하게도 손님인 자신을 귀찮아한다는 느낌을 받았다.

　당장 뭘 건지겠다는 것보다 앞으로의 취재를 위한 사전 작업 정도로 생각하고 있었지만, 그 사전 작업도 생각한 대로 되지 않아 자신도 모르게 실수를 저지르고 말았다.

　"자기 이름을 불렀어도 모를 거야. 아니지. 그럼 어떻게 카메라로 찍으려고 할 때마다 그렇게 쳐다보지? 들킨 거야, 아닌 거야? 진짜 이상한 놈이네. 도대체 뭐 하는 놈이야?"

우 기자는 손에 쥔 소형 펜 카메라를 차에 집어 던지고 운전석에 앉았다.

"의자는 또 뭐 이렇게 비싸? 건진 것도 없이 의자만 샀네."

*　　　　*　　　　*

미니 앨범 마지막 음악 방송마저 1등으로 마치고 저녁이 되어서야 회사로 돌아온 윤후는 지하 연습실 뒤쪽에 앉아 있었다. 평소와 마찬가지로 연습생들의 표정을 관찰하던 윤후는 거울 너머로 자신을 힐끔거리는 연습생들과 눈이 마주쳤다.

"신경 쓰여? 갈까?"

"아니요! 아닙니다!"

"그래."

윤후는 데뷔가 얼마 안 남은 연습생들을 배려하려 자리에서 일어났다. 그때 거울로 윤후를 보던 연습생 중 리더 격인 동성이 조심스럽게 입을 열었다.

"저기… 윤후 형."

"응."

"저희 그룹 이름 있잖아요. 'OTT' 형이 지어주신 거예요?"

"응."

불안한 얼굴의 연습생들이 질문하려는 동성의 팔을 붙잡았다. 동성은 결연한 표정으로 멤버들을 보며 고개를 끄덕거리고 윤후에게 물었다.

"OTT'가 설마 원, 투, 쓰리는 아니죠?"

"아니야."

윤후의 대답에 연습생들이 서로를 보며 환하게 웃었다.

"그럼 무슨 뜻인데요? 대표님도 모르시던데."

"대표님이 그러던데. 너희들 1등이 소원이라고."

"그건… 당장은 힘들어도 그게 저희들 꿈이거든요. 형처럼."

윤후는 고개를 끄덕이며 입을 열었다.

"Over The Top. 1등보다 위에 있으라고."

"아……"

연습생들이 두 눈을 반짝이며 감동받은 얼굴을 하고 있을 때, 김 대표와 이강유가 연습실 문을 열고 들어왔다.

"야, 원, 투, 쓰리! 또 놀아? 이놈들이."

연습생들은 김 대표의 말에 투덜거렸고, 김 대표는 무엇 때문에 그런지 불안할 정도로 환하게 웃으며 다가왔다.

"우리 윤후는 여기서 뭐 하나?"

"흠."

"밥은 먹었나? 순댓국 먹을까?"

"강유 형, 또 뭔데요?"

윤후는 김 대표를 쳐다보지도 않고 옆에서 고개를 젓고 있는 이강유에게 물었다. 이강유가 말을 꺼내려 할 때, 김 대표가 앞으로 나서며 가로막고 말했다.

"우리 윤후는 팬들을 참 소중하고 감사하게 생각하지?"

실제로 그렇게 생각하고 있지만, 김 대표의 질문에는 이유가 있을 거라는 생각에 쉽사리 대답하지 못했다.

"왜 대답을 못 해? 팬들이 알면 서운하겠다. 너, 그러는 거 아니야, 인마."

"하아, 감사하죠."

"하하하, 그럼 그렇지! 그래서 말이야, 팬미팅 겸 사인회를 할까 하는데… 어때?"

불안한 예상과 다른 제안이었다. 자신의 노래를 좋아해 주는 사람들을 만나는 데 불만이 있을 리 없었다.

"좋아요."

"역시 그럴 줄 알았어. 너 킹스터랑 방송하기 전까지 할 일 없잖아? 그러니까 네가 좀 도와야 하지 않을까? 네 팬미팅인데?"

"알았어요."

김 대표는 크게 웃으며 강유를 쳐다봤다.

"야, 내가 뭐라고 그랬냐. 윤후는 도와줄 거라 그랬잖아. 너희들도 고맙다고 말하고."

감사 인사를 하는 연습생이나 인사를 받는 윤후나 이유를 알지 못한 채 김 대표를 쳐다봤다.

"팬미팅 할 때 쟤네도 초대 가수 식으로 무대에 설 거야. 네가 도와주기로 했으니까 내일 녹음실로 다섯 시까지 오면 되겠다. 두식이가 갈 거니까 걱정하지 말고."

하기 싫다는 말이 목구멍까지 튀어나왔지만 눈빛을 반짝이며 자신을 보고 있는 연습생들 때문에 차마 입 밖으로 내뱉지는 못했다. 그런 윤후를 본 강유가 고개를 저으며 입을 열었다.

"사기꾼 맞지? 그래도 애들이 네가 전에 고쳐준 걸로 데뷔하고 싶다는데."

"네."

"하하, 그리고 네가 월별 차트 1등 했다고 저렇게 신나 있는 거야. 하루 종일 핸드폰만 보고 있더라."

"내가 언제 그랬다고. 그리고 윤후 너, 곡 등록 다 해줄 테니까 내일 강유한테 맡기고. 일단 저위회에다 등록하고 음반 나올 때마다 콤카에 등록하면 되니까. 알지? 500만 원 회사에서 내주는 거야. 이걸로 프로듀싱비 퉁이다? 하하!"

기분이 좋은지 환한 미소를 지으며 생색내는 김 대표였고, 이강유는 그런 김 대표를 보고 피식 웃고 입을 열었다.

"윤후야, 음방 활동은 이제 끝났는데 하고 싶은 거 있어?"

"아니요."

공방에 가고 싶었지만 지금 이 시간이면 정훈도 집에 있을 것이고 매니저에게 피해가 갈 거라는 생각에 말을 하지 못했다. 그러던 중 얼마 전 옥상에서 한 말이 떠올랐다.

"하고 싶은 거 있어요."

정작 하고 싶은 게 있다는 말을 들은 김 대표가 깜짝 놀랐다. 집, 방송, 집뿐이었던 윤후가 무엇이 하고 싶은지 궁금해졌다.

"뭔데? 해외여행 같은 거 빼고는 다 들어줄게."

"영화관 가보고 싶어요."

"뭐, 영화관? 사람들이 알아보기라도 하면 어쩌려고. 보고 싶은 영화라도 있어?"

"그냥 궁금해서요."

자폐증을 앓던 어린 시절에 초등학교마저 그만둬야 했던 사정을 알고 있는 이강유는 안쓰러운 듯 윤후를 보다가 입을 열었다.

"나랑 가자. 어차피 나도 보고 싶은 영화도 있고."

"저희도 가도 돼요?"

"너희는 안 돼. 내일 녹음인데 컨디션 조절해야지. 나중에 가자."

이강유는 휴대폰을 만지작거리더니 윤후에게 물었다.

"심야 영화 괜찮아? 괜찮으면 집에 늦는다고 전화하고."

"네."

어색한 표정으로 지켜보던 김 대표가 어깨를 으쓱하고 말했다.

"너희 둘이 갔다가 일이라도 생기면 어쩌려고. 쌍둥이랑 같이 가. 두식이는 오늘 공연장 송이 차례라서 데려다주고 바로 올 거니까. 전화해 둘게."

"네. 그리고요, 팬미팅 할 때 하고 싶은 게 있는데요."

"또 있어? 하고 싶은 게 왜 그렇게 많아?"

윤후의 말을 듣는 김 대표의 얼굴에 당황한 기색이 역력했다.

\*      \*      \*

새벽이 되어서야 영화관에서 나와 주차장에 있는 차에 올라탄 윤후는 의자에 몸을 기댔다. 남들에게는 별거 아니라고 할 수도 있지만, 처음 경험하는 윤후에게는 신선하게 다가왔다.

전쟁 영화답게 커다란 화면과 함께 들리는 적절한 배경음이 긴장감을 유발시켰다. 영화 자체를 처음 보는 것은 아니지만, 집에서 보던 때와는 확실히 느낌이 달랐다.

"너무 재밌었어요. 그죠?"

"흠."

어째서인지 두식과 함께 온 윤송이 뒷좌석에 앉아서 얼굴을 내밀고 말했다. 윤송의 말에 고개를 젓던 일행 중 대식이 코웃음을 치며 말했다.

"송이 너는 좋은 꿈이라도 꾼 거?"

"잠깐 눈이 아파서 감은 거거든요!"

영화가 시작되자마자 색색거리며 잠이 든 윤송이다.

윤후는 얼굴이 시뻘게져 변명하는 윤송에게 전혀 개의치 않고 옆을 가리키며 말했다.

"기타 좀 주세요."

"네? 네!"

기타를 건네받은 윤후는 조금 전에 본 영화에서 들은 배경음을 떠올렸다. 그러고는 잠시 후 기타를 튕기기 시작했다. 차 안에 있던 사람들은 자주 보는 모습에 신경을 끄려 했지만 그럴 수 없었다.

"뭘 치는 거여? 진짜 또라이 같은 놈이여."

"흠."

윤후는 기타를 내려놓고 휴대폰을 꺼내 들어 피아노 애플을 켰다. 그리고 휴대폰을 두드리려다 말고 강유를 보며 말했다.

"형, 창문 좀 손가락으로 두드려 주세요."

"응? 이렇게?"

"조금만 느리게요. 일정하게 계속 두드려 주세요."

윤후는 고개를 끄덕거리고는 윤송을 보며 말했다.

"도와줄 수 있어요?"

"네, 물론이에요! 시켜만 주세요! 어떻게 두드릴까요?"

"그냥 강유 형이 두드리는 소리 다음에 숨소리 좀 크게 넣어주세요."

"네?"

"허스키해서 생각하는 소리랑 어울릴 것 같아서요."

"네."

윤후는 강유가 창문을 두드리는 소리와 윤송의 숨소리에 맞춰 피아노 애플을 두드리기 시작했다. 불안정한 디미니쉬 코드로만 진행되는 통에 괴기하기 짝이 없던 음에 이제는 창문을 두드리는 소리까지 더해지자 차 안에서 듣고 있던 사람들은 불쾌감이 일었다.

"야, 인마! 그만혀! 사고 나겠어!"

그제야 연주를 멈춘 윤후는 다른 사람들의 불쾌한 얼굴과 다르게 만족스러운 듯 휴대폰을 집어넣으며 창밖을 바라봤다. 그 모습에 옆에 앉아 있던 강유가 궁금한 듯 물었다.

"무슨 음악이야? 공포 영화에서 나오는 음악 같은데?"

"그렇죠? 음, 아까 영화 볼 때 중간쯤에 나온 장면 생각하면서 만든 건데."

"무슨 장면인데?"

"겁 많던 첩보원이 독일군한테 고문당하기 전 장면이요. 강유 형, 이거 옵사운드에 올려도 돼요?"

"뭐 하려고? 어떻게 들리나 궁금해?"

뮤지션들이 자기 작품을 공개하는 사이트에 올려도 되느냐는 윤후의 말에 강유가 피식 웃고 말을 이었다.

"내일이나 올려. 내일 기상이 돈으로 곡들 등록할 때 하나 끼지, 뭐."

윤후는 고개를 끄덕거렸고, 옆에서 휴대폰으로 담고 있던 윤송이 의아한 듯 물었다.

"그런데 왜… 제 숨소리를……."

"쉰 목소리가 잘 어울릴 것 같아서요."

운전을 하고 있던 대식이 고개를 젓자 옆에 있던 두식이 대식에게 조용히 말했다.

"네가 고생이 많아. 저 미친놈이랑 같이 댕기느라고."

입을 빼죽거리고 있던 윤송이 조심스럽게 입을 열었다.

"이거 SNS에 올려도 돼요?"

"네."

강유는 윤송의 열성적인 모습에 웃으며 내일 올리라고 말했고, 허락을 받은 윤송은 기분이 좋은지 촬영해 둔 영상을 재생시켰다.

"야, 송이야, 그거 틀지 말라고 했잖여!"

\*          \*          \*

다음 날.

5시가 거의 다 되어서 대식과 함께 강유의 녹음실에 도착한 윤후는 강유와 연습생들에게 인사를 건네고 소파에 앉았다. 바쁜 모습의 강유가 컴퓨터 앞에 앉아 모니터를 보며 윤후에게 말했다.

"늦게 잤어? 왜 그렇게 힘이 없어 보여?"

"집에서 이것저것 영화 보다가요."

"또 이상한 음악 만들려고? 영화 음악 하지도 않을 건데 그런 건 뭐 하러 만들어?"

"그냥 좀 새로워서요."

윤후는 밤새 영화를 보고 거기에 맞는 음악을 연주해 보며 새로운 것을 깨달았다. 음악 자체만으로도 여러 가지 감정을 느끼게 할 수 있었지만, 조금 더 세세하고 직접적으로 감정을 전달하기 위해서는 그 외의 것들도 작용한다는 것을.

배성철을 비롯한 인격들에게 음악에 대한 이론을 배웠다면 지금의 윤후는 직접 체험해 가며 느끼고 있는 중이었다.

"너도 새로운 게 있어? 그 새로운 거, 쌍둥이한테는 들려주지 말고. 경기하겠더라."

"훗."

"이리로 와서 이것부터 확인해 봐. 내가 듣기는 했어."

스피커 모니터에서 들리는 MR을 듣던 윤후는 앞에 놓인 가사가 적힌 종이를 들여다봤다.

처음 만났을 때의 가사와 다른 부분은 보이지 않았다.

가사 자체는 충분히 어떤 감정인지 알겠지만, 완벽한 감정을 아는 것은 아니었다.

특히 달콤한 키스라는 부분은 음흉하던 배성철에게 듣기는 했지만 경험이 없는 탓에 궁금했다.

"형, 키스 해봤어요?"

"그럼, 내 나이가 몇인데."

"어때요? 듣기로는 혓바닥을……."

옆에서 듣고 있던 대식이 혀를 차며 말했다.

"야, 인마! 뭐 그런 걸 묻는 겨? 쟤들 미성년자인 거 몰러?"

"음, 쟤네도 해봤으니까 썼을 거 아니에요. 에이토는 키스 해봤어?"

"해봤스므니다! 마니마니!"

대식이 아랫입술을 깨물고 에이토를 쥐어박는 시늉을 했다. 그 모습을 본 강유가 피식 웃으며 윤후를 쳐다봤다.

"왜, 연애해 보고 싶어?"

"그런 건 아니고요, 아직 못 해본 게 참 많아서요."

"갑자기 왜?"

"이것저것 다 해보고 싶어서요. 노래에 도움 될 것 같아요."

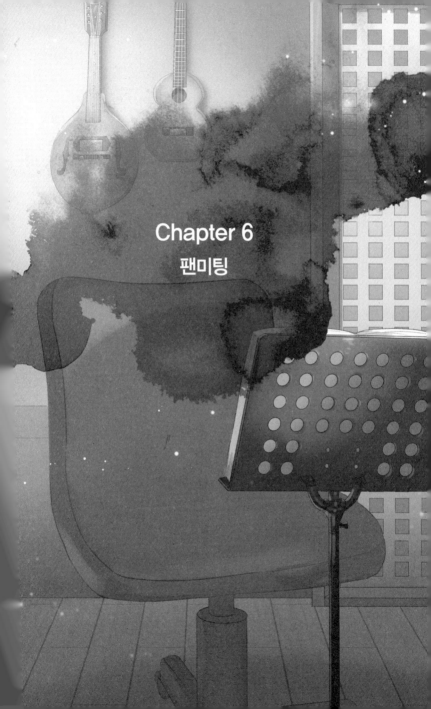

# Chapter 6

팬미팅

그동안의 바쁘던 생활이 꿈이라 생각이 들 만큼 한가한 시간을 보내던 윤후는 공방의 플라스틱 의자에 앉아 조립이 완성된 기타를 보며 미소 지었다.

"그렇게 좋아? 이제 슬슬 준비해야 되지 않아?"

평소 공방에 있을 때와 달리 깔끔한 정장을 입고 있는 정훈의 질문에 고개를 끄덕거릴 때, 공방 문을 열고 대식이 들어섰다. 그제야 윤후는 옷에 묻은 먼지를 털고 대식에게 말했다.

"다 됐어요. 바로 가요."

"다 되긴 뭐가 된 거여? 야, 인마! 아, 아버님, 죄송혀여."

"아닙니다. 하하! 아들, 그리고 가려고? 일단 빨리 씻고 와."

"언능 씻고만 와. 옷은 미정이가 준비혔으니까."

못마땅해하는 대식의 말에 윤후는 고개를 숙여 자신의 모습을 보곤 어깨를 으쓱하며 공방의 화장실로 향했다. 물만 적시고 나온 듯한 윤후의 모습에 대식이 정훈의 눈치를 보며 한숨을 내쉬었다.

"일단 가서 허자. 아버님도 가실 거쥬?"

"네, 그래야죠. 하하! 우리 아들 팬미팅이라는데."

공방 문을 닫고 나와 대식의 차에 올라탄 윤후는 어째서인지 자신보다 긴장되어 보이는 정훈의 모습에 물었다.

"왜 그러세요?"

"떨리네. 아들이 사람들 앞에서 노래 부르는 거 실제로 처음 보잖아."

윤후가 피식 웃을 때, 운전을 하던 대식이 웃으며 말했다.

"아버님, 걱정 마셔유. 윤후만큼 잘허는 가수도 없어유."

대식의 말에 정훈은 기분이 좋아졌는지 윤후를 보며 활짝 웃었다. 수원에서 홍대의 거리 탓에 한참을 이동한 윤후는 라온 소유의 공연장 근처에 도착했다. 공연장에 거의 도착할 때쯤 창밖을 보던 정훈이 입을 열었다.

"어디 맛집이라도 있나? 무슨 줄을 저렇게 서 있어?"

대식이 소리 내어 웃으며 정훈에게 말했다.

"윤후 팬들 같아유. 공연장도 좁은디 다 들어가려나 모르겄네유."

"허, 저 사람들이 우리 아들 보러 왔다고요?"

"그럼유. 일단 무료 팬미팅이기도 허지만유. 그래도 윤후 인기가 굉장혀유. 저 선물들 보이시쥬? 대충 봐도 세 번은 실어 날라야겠는디."

정훈이 놀란 얼굴로 윤후를 보자 윤후도 놀란 듯 창밖을 보고 있었다. 차가 공연장 뒤쪽에 있는 주차장에 서자 대식이 먼저 내리며 주변을 살폈다.

"조심히 내려. 지금 쟤들하고 마주치면 난리 날 겨. 아버님도 가시쥬."

대식의 말에 놀란 얼굴로 있던 정훈이 마치 스파이라도 되는 듯 조심스럽게 공연장으로 들어섰다. 지하로 들어서자 윤후의 팬미팅을 위해 직접 준비 중인 김 대표가 정신없이 돌아다니고 있었다.

"야, 의자 다 빼라니까! 사람 많아서 못 앉아! 거기 박스에 무거운 거 올려두지 말라니까!"

김 대표는 정신없이 지시하다가 자신에게 다가오는 윤후를 보고 활짝 웃으며 다가갔다.

"안녕하십니까. 오랜만에 뵙네요. 하하!"

"그러게요. 우리 윤후 잘 보살펴 주서서 찾아뵙고 인사드리려 한다는 게 너무 늦었네요."

"하하! 저야말로 감사하죠! 저한테 맡겨주서서! 윤후 준비할 동안 아버님은 차라도 한잔하시죠."

윤후는 두 사람을 뒤로하고 대식과 함께 대기실로 향했다. 작은 대기실에는 스타일리스트 미정이 앉아 있다 들어오는 윤후를 보고 벌떡 일어섰다.

"후! 너, 내가 그러고 다니지 말랬잖아! 왜 그러냐?"

"……."

"네가 욕먹는 게 아니라… 내가 욕먹는다니까!"

미정은 윤후를 보자마자 입고 있던 체크 남방을 벗기고 대기실 밖의 옷걸이에 걸려 있는 옷 중 하나를 들고 들어왔다. 평소처럼 군말 없이 옷을 갈아입은 윤후는 무언가를 찾는 듯 두리번거렸다. 그 모습을 본 대식이 입을 열었다.

"뭐 찾는 겨?"

"흠, 대표님한테 부탁한 거요."

"입구에 있었잖여. 대표님이 직접 나눠 준다고 혔으니까 걱정허지 마."

"네."

'OTT'의 프로듀싱을 빌미로 부탁한 것이다. 곤란한 얼굴로 생각해 보겠다는 김 대표의 말과는 달리 준비했다는 말에 고개를 끄덕거렸다. 그러고는 대기실에 앉아 대식과 함께 진행 순서표를 살펴보았다. 그중 빨간 줄로 그어진 글을 보던 윤후는 고개를 갸우뚱거렸다. 그 부분을 손가락으로 가리키며 대식을 쳐다봤다.

"뭐, 워쩌라고?"

"이건 왜요?"

'팬들과의 소통'이라고 적힌 순서에 빨간 줄이 그어진 것을 확인한 대식이 대수롭지 않게 말했다.

"팬들헌테 질문 받으면 네가 헛소리헐까 봐서 지운 거 같은디?"

동의한다는 듯 고개를 끄덕이는 윤후를 본 미정이 고개를 저었다. 대식과 함께 예행연습을 하는 중 팬들이 입장을 시작했는지 사람들 소리가 대기실까지 들려왔다. 데뷔 이후 줄곧 무대에 선 윤후이지만, 자신만을 보러 와준 사람들 앞에 서려니 긴장되기 시작했다.

그때, 두식이 땀범벅이 된 채 대기실 문을 열며 들어왔다.

"준비혀. 공연장에 사람 이렇게 모인 거 처음 보는구먼."

미정이 윤후의 옷차림을 점검하고 등을 두드리며 윙크했다.

"축하해. 첫 팬미팅."

윤후는 고개를 끄덕이고 쌍둥이를 따라 대기실을 나섰다. 쌍둥이를 따라 무대를 향해 가던 중 이상함을 느낀 윤후가 대식의 등을 두드리며 물었다.

"왜 이렇게 갑자기 조용해요?"

"내가 우째 아냐. 왜, 다 돌아갔을까 봐 걱정되는 거여?"

무대 바로 뒤편에 도착했지만, 사람들의 소리가 전혀 들리지 않았다. 대식의 말 때문인지 조금은 불안해진 윤후였고, 그런 윤후를 보며 대식이 말했다.

"어제 리허설 한 것처럼 혀. 너 올라가면 불 켜질 거니까 바로 첫 곡 시작허면 되는 거여. 실수허지 말고."

"네."

MC도 없고 조용한 공연장의 분위기에 심호흡을 하고 대식의 안내에 따라 컴컴한 무대로 올라섰다. 무대 위에 선 윤후는 불이 켜지길 기다리면서 객석을 쳐다봤다. 어두운 객석에서 인기척이 느껴지자 약간은 안도감이 들었다. 그리고 그때, 스피커에서 커다랗게 음악이 흘러나왔고, 동시에 어두운 객석에서 관객들의 목소리가 들렸다.

"하나, 둘, 셋, 넷! 축하합니다! 축하합니다! 우리 후의 팬미팅을 축하합니다!"

그리고 불이 켜지면서 타이틀곡을 정할 때 MC를 보던 사람이 케이크가 올려져 있는 카트를 가리키며 불을 끄라고 하여 윤후는 일단 불을 껐다. 그러자 윤후의 팬미팅에 모인 사람들의 박수 소리와 축하의 함성이 공연장을 가득 메웠다.

"어떠세요? 깜짝 놀라셨나요?"

"아니요."

윤후의 대답에 밑에서 구경하던 정훈이 크게 웃었고, 김 대표는 머리를 부여잡았다. MC 역시 당황했지만 많은 경험 탓인지 곧바로 수습했다.

"여러분, 우리 후 님이 이렇게 솔직합니다. 그래서 여러분도 후 님을 좋아하는 거 아니겠습니까?"

"네!"

"기분 나쁘신 건 아니죠? 하하! 깜짝 파티를 준비한 팬들에게 한마디 하셔야죠."

윤후는 마이크를 쥐고 팬들을 죽 둘러보고는 고개를 꾸벅 숙였다.

"이런 자리는 꿈에도 생각 못 했는데 정말 감사드립니다. 기대에 어긋나지 않도록 열심히 하는 가수가 되겠습니다."

"하하, 후 씨가 항상 무표정인 걸 몰랐으면 소감도 외워서 하는 줄 알겠어요. 외운 건 아니죠?"

미친 듯이 팔을 가로젓는 김 대표 덕에 외웠다고 말은 하지 않았지만, 대답을 못 하는 윤후 때문에 팬들은 이미 눈치채고 웃고 있었다.

"다들 후 씨를 좋아해서 찾아와 주셨으니 조금 편하게 하셔도 될 것 같은데, 안 그렇습니까, 대표님?"

김 대표는 억지로 웃으며 양손을 들어 올려 편하게 하라는 행동을 취했다. 그 뒤로 MC가 편안하게 이끌어주자 윤후도 긴장이 조금씩 풀리기 시작했다.

"후 씨 데뷔 전 바로 이곳에서 타이틀곡 정할 때 제가 진행 본 건 아시죠?"

"네."

"하하, 그때나 지금이나 하나도 안 변한 것 같아요. 그때 저를 후 씨의 팬으로 만들어준 노래, 여러분도 좋아하시는 '눕고 싶어'로 시작해 주실 수 있을까요?"

인터뷰를 좋아하지 않는 윤후이기에 다른 팬미팅과 다르게 노래로 시작되었다. 윤후는 대식이 무대로 올라와 건네준 기타를 안았다. 팬들은 윤후의 작은 행동에도 소리를 지르며 반응했다. 팬들 제일 앞에서 힘겹게 장내 정리를 하는 회사 직원들의 모습을 보며 윤후는 기타를 들고 터벅터벅 걸어갔다.

"야, 뭐 해! 저기 테이프 붙여놓은 데서 하라고!"

김 대표의 말에도 윤후는 무대 끝으로 걸어가 턱에 걸터앉았다. 그러자 공연장이 떠나갈 것 같은 소리가 울려 퍼졌다. 윤후는 팬들에게 조용히 해달라는 듯 무표정한 얼굴로 검지를 입술에 갖다 댔다. 그러자 시끄럽던 공연장이 마치 마법처럼 순식간에 조용해졌다. 그리고 윤후의 목소리가 들렸다.

"좋네요."

조련이라도 하는 듯한 윤후의 말에 수줍은 얼굴로 무대를 바라보는 팬들을 보며 김 대표는 물론이고 정훈도 놀라고 있었다. 무대 위에 있는 윤후가 자기 아들이 맞나 하는 생각이 들 정도였다. 그리고 윤후의 목소리가 들리기 시작했다.

*햇살 비추는 창가 밑 침대에 누워 있는 게 제일 좋아. 그냥 아무것도 안 하고 눕고 싶어*

관객들이 고개를 흔들며 윤후의 노래에 집중하기 시작했다. MR이 아니라 직접 연주하며 노래를 하던 윤후는 노래의 속도를 조절해 가며 팬들의 호응을 이끌었다. 그리고 노래의 하이라이트 부분이 나올 때 연주를 멈추고 팬들을 보며 말했다.

*너도 누울래?*

"네! 네!"
"손만 잡자!"
윤후는 앞에 놓인 마이크를 객석 쪽으로 돌려놓고 연주를 시작했다. 팬들도 알아차렸는지 윤후 대신 노래를 부르기 시작했다.

*아무것도 안 할 테니 그냥 누워. 누워 있느라 바쁜데 손은 뭐 하러 잡아*

최대한으로 입장시킨 탓에 이백 명 가까이 되는 인원이 부르는 윤후의 노래가 공연장을 울렸다. 팬들은 물론이고 회사 직원들까지 다 같이 부르는 모습에 정훈은 놀라운 듯 두리번거리고 있었다.

윤후는 노래가 끝이 났지만, 여전히 무대 끝에 걸터앉은 채 팬들을 바라보고 있었다. MC가 마이크를 들고서 윤후의 옆에 같이 앉으며 말했다.

"못 본 사이에 완벽한 가수가 되셨는데요?"

"네."

"하하, 팬분들이 따라 부를 때 기분이 어떠셨어요?"

"음, 잘 못 부르네요. 특히 저기랑 저기."

손가락질을 받은 팬은 지적임에도 자신의 노래를 들어줬다는 것이 기분 좋은지 수줍게 웃고 있었다. 그와는 달리 수명이 줄어들 것만 같은 김 대표는 옆에 있는 정훈 때문에 욕도 못하고 거칠게 숨을 내뱉을 뿐이었다.

진행 순서에 맞게 몇 곡을 더 부르고 나자 무대에서는 스크린을 준비하고 있었다.

"자, 여러분, 'Who TV' 보셨죠? 저 역시 'Who TV'를 기다리는 팬 중 한 명인데요, 지금 보실 영상은 'Who TV'에서도 보지 못한 개인적인 영상입니다. 기대되시죠?"

팬들의 기대와 함께 스크린에 차 안에 있는 윤후의 모습이 나왔다. 각도로 보아서는 대식이 찍었음이 분명했고, 이어폰을 낀 채 잠든 윤후의 모습이다.

정훈은 윤후가 자는 모습이 나오자 깜짝 놀라며 예전으로 돌아가 이상한 행동을 했을까 걱정스럽게 쳐다봤다. 하지만 몇 분이 지나도 계속해서 자는 모습만 나온 탓에 저게 뭔가 싶었고, 옆을 보니 영상에 빠진 여학생들의 모습이 보였다.

"학생, 저게 재밌나요?"

"네? 나중에요. 저것 좀 보고요."

"매일 봐도 재미없던데. 큼큼."

여학생의 이상한 시선을 받은 정훈은 헛기침을 하며 김 대표를 봤다. 어색하게 웃고 있던 김 대표가 영상에 대해 설명해 줬다.

"팬들에게는 저 영상이 레어 영상이라고 할 수 있죠. 여기서 보여준 이유는 다른 사람들은 못 본 것을 자신은 봤다는 특별함을 부여하기 위함입니다. 하하!"

"한마디로 꼼수네요?"

"꼬, 꼼수… 마케팅이라고 하죠. 하하!"

여전히 신기한 듯 두리번거리는 정훈이다. 무대 위의 영상은 바뀌어 옥상 위의 모습이 나오고 있었다. 회식하던 때라 회사 소속의 식구들이 잔뜩 보이고, 그중 난간에 기대어 'Feel my heart'를 부르는 윤후의 모습이 나왔다.

"와……!"

어두운 옥상에서 희미한 불빛 사이로 가슴을 부여잡으며 노래를 부르는 윤후의 영상에 팬들은 이미 그 현장에 있는 듯한 착각을 하고 있었다. 오히려 윤후보다 더 애절하게 영상을 보고 있었고, 영상이 끝나자 아쉬운 듯 한숨이 동시에 터져 나왔다.

"잘 보셨죠? 다들 처음 보셨을 거예요. 맞죠?"

"네!"

"그래서 정말 특별하게 후 씨가 여러분에게 선물을 준비했어요."

MC가 고개를 돌려 뒤에 있는 대식에게 눈짓하자 대식이 빠르게 올라와 무언가를 MC에게 건넸다. MC는 팬들을 보고 활짝 웃으며 손에 든 물건을 들어 올렸다.

"제가 팬미팅 사회를 많이 본 편인데 이런 가수는 처음 보는 것 같아요. 연예인이 팬미팅에 온 팬들에게 선물 주는 것 보신 분 손 한번 들어보세요! 없죠?"

다들 선물이 무엇인지 궁금해서 MC의 손에 시선이 집중되어 있었다. MC는 더 시간을 끌다가는 봉변을 당할 것 같은 느낌에 웃으며 입을 열었다.

"다들 후 씨의 앨범이 없어서 서운하셨죠? 발매했으면 구매하셨을 텐데. 그래서 이곳에 오신 분들만을 위해 준비했습니다. 후 씨의 미니 앨범 여섯 곡과 조금 전에 보신 영상, 아직 못 보신 미공개 영상과 사진이 담긴 USB! 무려 하트 모양!"

김 대표는 MC의 말이 끝나자마자 초롱초롱한 눈빛으로 USB를 보는 시선들을 느끼고 얼굴을 한껏 찌푸렸다.

"어휴, 그냥 팔자니까."

\*　　　　　\*　　　　　\*

한 시간을 계획한 팬미팅이 팬들의 계속된 요청으로 인해 계획된 시간을 훌쩍 넘어버렸다. 하지만 이후 스케줄이 없는 덕에 문제가 되지 않았다. 그래도 이대로 놔두면 언제 끝날지 모르기에 김 대표는 MC를 불러 마지막으로 한 곡만 더 부르고 사인회로 마무리하자고 했다. 무대로 올라간 MC가 무대 밑의 팬들을 향해 멘트를 했다.

"정말 아쉽지만 이만 사인회로 넘어가야 할 것 같아요. 여러분도 사인이랑 사진 찍고 싶으시죠?"

"한 곡만 더 해주세요!"

"한 곡 더! 한 곡 더!"

이미 한 곡을 더 하기로 했지만, MC는 곤란한 얼굴을 하고 윤후를 보며 말했다.

"어떻게… 한 곡만 더 불러주실래요?"

"네."

김 대표는 윤후의 이미지를 좋게 만드는 MC의 멘트에 고개를 끄덕이며 엄지손가락을 들어 올렸다. MC가 웃으며 팬들에게 어떤 곡을 했으면 좋겠냐고 묻자 누군가의 입에서 밴디즈의 '부끄'가 나왔다. 그러자 팬들이 다 같이 '부끄'를 연호하기 시작했다.

"후 씨, '부끄' 괜찮으세요?"

"네."

윤후는 고개를 끄덕이고는 기타를 안았다. 그 모습에 MC는 무대를 내려갔지만, 윤후는 노래를 시작하지 않고 손가락을 들어 무대 앞쪽을 가리켰다. 윤후의 손가락을 따라 팬들의 고개 역시 돌아가자 손가락질을 받은 당사자가 얼어붙은 듯 꼼짝도 못하고 고개를 숙였다. 그러자 윤후가 입을 열렸다.

"같이해요. 곡 주인이잖아요."

윤후의 말에 사람들이 고개를 천천히 드는 여자를 의아한 듯 쳐다봤다. 윤후는 무대 위에서 눈이 마주친 여자에게 손짓해 무대로 불렀다.

"저분이 노래 주인이세요. 밴디스의… 음……."

이름을 모르는 윤후는 소개를 하다 말았고, 밴디스와 함께 있던 이주희 기자가 큰 목소리로 말했다.

"채우리요! 채우리!"

"네, 밴디스의 채우리 씨입니다."

이주희는 쭈뼛대며 다시 고개를 숙인 채우리를 무대로 직접 올려 보냈다. 등 떠밀리듯이 무대에 올라온 채우리는 90도로 허리를 숙여 윤후에게 인사했다. 윤후 역시 가볍게 인사를 건네고 말했다.

"부르세요. 맞춰 갈게요."

"네? 아……!"

단지 팬으로서 가깝게 윤후를 보고 싶어서 팬미팅에 참여한 것뿐 이런 일을 생각하지 못한 채우리는 당황스러울 뿐이었다. 오랜만의 무대이기도 했고 다시는 무대에 오를 일이 없을 것이라 생각한 채우리는 심정이 복잡했다. 그때 옆에 있던 윤후가 시작한다는 말도 없이 기타를 튕겼다. 자신의 노래를 부르는 윤후의 영상을 보고 또 봤기에 익숙한 멜로디였다. 그에 채우리는 숙이고 있던 고개를 들고 마이크를 입으로 가져갔다.

윤후는 연주를 하면서 노래를 부르고 있는 채우리를 쳐다봤다. 가끔씩 불안한 음정이었지만 곡 주인이어서 그런 것인지 확실히 잘 어울렸다. 윤후가 바꾼 버전이라고 해도 마치 처음부터 이렇게 부른 곡처럼 자연스럽게 부르는 모습이다. 윤후는 어느덧 노래에 빠져 버린 채우리를 보며 피식 웃었다.

노래가 끝나고 팬들의 박수를 받은 채우리는 울먹거리는 얼굴로 윤후에게 다가왔다.

"고맙습니다. 평생 다시 무대에 설 일이 없을 줄 알았는데… 정말 감사합니다."

윤후는 곡 주인이 앞에 있는 상태에서 노래 부르기가 껄끄러웠기에 마이크를 넘긴 것뿐이다. 그리고 채우리에게 무슨 일이 있는지 자세한 내막을 몰랐기에 과도한 인사가 부담스러웠다. 그때였다.

"음?"

갑작스럽게 포옹하는 채우리였다. 윤후는 갑작스러운 포옹에도 여전히 무표정한 얼굴이었다. 황급히 무대로 올라온 MC 덕에 곧바로 수습되었지만, 팬들 사이에서는 부러움으로 가득한 함성과 야유가 터졌다.

"감사 인사치고는 굉장히 과격한데요? 하하! 그럼 아주 잠시 뒤 사인회를 시작하겠습니다! 아시죠? 사인 받으실 때 USB 꼭 받아 가시는 거! 어디에서도 구하기 힘든 겁니다!"

\*　　　　\*　　　　\*

윤후는 팬미팅을 마치고 회사에 들러 팬들이 준 선물을 정리하고 집으로 돌아왔다. 옷도 안 갈아입고 소파에 앉아 말없이 미소를 지은 채 바라보고 있는 정훈을 쳐다보자 정훈이 입을 열었다.

"가수 되니까 좋아?"

"네."

"다행이네. 그 사람들한테 항상 욕만 했는데 지금 아들 모습 보니까 고맙기도 하네. 하하!"

혹시라도 흠이 될까 봐 꺼내지 못한 말을 둘만 있게 돼서야 꺼냈다. 윤후도 정훈이 누구에게 고맙다고 하는지 알기에 미소로 답했다.

"그런데 그 어르신 보니까 말이야, 신기하긴 했어."

정훈은 윤후의 소개로 회사에서 이진술과 인사를 나눴다. 십 년 동안 동고동락한 기타 할배의 동생이라는 말을 들었을 때는 걱정이 앞섰지만, 아는 사람의 가족이라는 생각 때문인지 막상 실제로 마주치니 오히려 반가운 마음이 들었다.

"그 사진에 백수 놈도 있었잖아."

윤후에게 들어온 이유는 몰랐지만, 기타 할배와 백수 놈이 어디서 알게 된 사람들이란 것은 알고 있었다. 그리고 정훈이 생각하기로 외국인 세 사람과 윤후가 마주친 접점도 윤후는 기억하지 못하는 것 같지만 분명 있었다. 그래서 말을 꺼내려 했지만 혹시라도 윤후가 찾아 나서진 않을까 하는 생각에 말을 삼키고 소파에서 일어섰다.

*　　　　*　　　　*

윤후의 활동도 끝났고 아직 'OTT'가 데뷔도 하지 않았기에 바쁠 일이 없어야 하는 사무실이었건만, 김 대표와 사무실 식구들 모두가 피곤한 얼굴로 전화기를 들고 있었다.

"네. 아쉽지만 죄송합니다. 저희가 판매를 위해 만든 것이 아니라서요. 다음에 있을 팬미팅 때를 기약해 보시는 건 어떠신지요. 아직 예정된 날짜는 없습니다."

사무실 식구 모두가 비슷한 말로 전화를 받고 있었다. 전화를 내려놓은 김 대표가 머리를 부여잡으며 말했다.

"홈페이지에 회사 전화번호 지워. SNS도 닫아. 윤후 것부터 닫아. 그리고 회사 애들 전부 닫으라고 해. 하, 직원을 좀 더 뽑아야 하나."

그동안에는 전혀 신경 쓰지 않았는데 윤후가 회사에 들어온 이후로 툭하면 회사로 전화하는 팬들 때문에 머리가 아플 지경이었다. 다들 동감하는지 피곤한 얼굴로 고개를 끄덕일 때, 지금 일의 원흉이라 볼 수 있는 이주희가 사무실 문을 열고 얼굴을 들이밀었다.

"저… 안녕하세요?"

"이 기자!"

직원들의 눈총을 받은 이주희가 입을 삐죽거리며 말했다.

"대표님이 잘 써달라고 하셨잖아요. 그래서 라온 엄청 부각시켜 기사 올렸는데… 어제 가자마자 기사 올리느라고 얼마나 힘들었다고요."

"크흠, 그렇긴 하지만… 가격까지 적어놓을 필요까진 없었는데… 지금 계속 전화 오는 거 보이죠?"

"에이~ 아예 무관심한 것보단 훨씬 좋잖아요. 그리고 요즘 USB 앨범 가격이 그 정도 한다는 걸 비교한 거죠."

팬미팅을 마치고 회사로 돌아간 이주희는 도착하자마자 기사를 작성했다. 팬미팅에서 찍은 사진 일부와 함께 '팬을 위한 Who의 아름다운 선물'이라는 제목으로 기사를 작성했다. 그리고 그 기사로 시작된 관심이 팬미팅을 다녀온 사람들이 SNS에 올린 인증 글로 더욱 커졌다.

"팬카페에 USB 산다는 글들이나 지워주시죠, 이. 주. 희. 기자님! 그거 볼 때마다 열불 터져서……."

"이미 지웠죠. 아까 볼 때 90만 원까지 올라갔던데."

"하, 90만 원씩 200개면 얼마야. 우리 회사 애들 피자라도 한 판 더 사주겠네."

"90만 원에 팔았다가는 욕 엄청 먹고 가수 생활 접어야겠
죠?"

"말이 그렇단 거죠, 말이!"

여전히 아쉬운 얼굴을 하던 김 대표는 또다시 울리는 전화
에 인상을 찌푸렸다.

"네, 라온 엔터테인먼트입니다."

피곤한 얼굴로 전화를 받은 김 대표는 한숨을 내쉬고 전화
를 끊어버렸다.

"말도 안 되는 전화까지 오는 통에 미치겠어요. 항상 공방,
집에만 있는 놈이 무슨 바람둥이라고… 참 나."

"법적 대응을 하겠다는 식으로 받으셔야 되는 거 아니에
요?"

"장난 전화가 수십 통씩 오는데 일일이 대응을 어떻게 합니
까? 그중 기자들도 껴서 뭐 하나 건져보려고 그러는데 미치겠
습니다. 어휴, 일단 회사 전화번호 내리라고 했으니까 잠잠해
지겠죠. 아, 그리고 여기 윤후 스케줄 표요. 스케줄이라고 해
봤자 하나밖에 없어요."

"감사합니다. 방송일은 확정됐어요?"

"지금 숲에서 M뮤직하고 계약 조절하고 있어요. 숲 엔터인
데 잘 되겠죠. 인터뷰는 나중에 따로 날짜 잡을게요. 보시다
시피 바빠서. 아니, 근데 내 휴대폰 번호는 도대체 어떻게 안

거야?"

이주희는 울리는 전화를 가리키는 김 대표를 보며 가볍게 고개를 숙여 인사하고 사무실을 나섰다. 또 장난 전화인지 이번에는 소리를 지르는 김 대표의 목소리가 들렸다.

"이 자식아! 너 어디야? 네가 마크 그레이스면 난 임권택이다!"

할리우드의 유명한 감독 이름이 김 대표에게서 나왔다. 이주희는 라온과 전혀 연관점이 없는 이름에 피식 웃고는 옥상문을 열고 나섰다.

*　　　　*　　　　*

최근 개봉한 영화 '미션 민스미트'의 감독인 마크 그레이스는 자신의 영화를 검색하던 중 윤송이라는 한국인이 올려놓은 흥미로운 영상을 발견했다. 그곳에는 알아볼 수 없는 글이 가득했다. 마침 휴가라서 할 것도 없던 때라 잘되었다고 생각하고 번역기까지 돌려가며 느긋이 그 글을 읽었다. SNS의 내용은 한국의 굉장한 가수를 소개한다는 글이었다.

영화도 잘나가는 덕에 휴식 겸 반응을 보고 있던 중이기에 무심코 윤송이 올린 영상을 클릭했다. 화면에는 뒤통수만 보이는 남자가 알아들을 수 없는 말로 주변 사람들에게 말을 하고 있었다. 함께 있던 친구이자 동료인 벤 카밀에게 물었다.

"벤, 너 한국말 몰라? 너 동양인이잖아."

"나도 잘 모르지. 한국계라고 해도 한 번도 안 가봤는데. 그러는 너야말로 한 번 가봤잖아."

"사랑해요? 연예TV? 이거밖에 안 가르쳐 줬어. 도대체 뭐라고 그러는 거야? 너무 궁금해."

잠시 후 화면에 창문을 두드리는 소리가 울리기 시작했다.

마크는 화면 가까이 얼굴을 대고 집중해서 듣기 시작했다. 스피커에서 굉장히 이상한 숨소리와 연주 소리가 들렸다. 창문을 일정하게 두드리는 소리가 집중시키는 동시에 그 뒤에 들리는 거친 숨소리가 긴장을 유발시켰고 연주 소리는 불안감을 일으켰다.

"오, 이거 내 영화에 쓰고 싶은데? 완전 내 스타일이야! 벤, 너희 엄마는 한국말 알잖아?"

"전화해서 이게 무슨 소린지 물어보라고?"

"부탁해, 벤!"

잠시 뒤 한국계 미국인인 벤이 자신의 어머니와 통화를 하고 두 눈을 반짝이며 쳐다보고 있는 마크를 보며 말했다.

"미션 민스미트에서 첩보원이 독일군한테 고문받기 전 장면을 생각하면서 만든 거래. 영화 보고 나와서 바로 만들었다는데?"

마크는 벌떡 일어나 자신의 노트북을 들고 와서 USB를 연결시켰다. 노트북 화면에서는 '미션 민스미트'가 나오고 있었고, 마크는 빠르게 돌려 좀 전에 벤이 말한 장면을 찾았다. 그리고 소리를 줄이고 윤송의 SNS에 있는 영상을 다시 재생시켰다.

"왓 더……."

그러고는 SNS를 중지시키고 노트북 소리를 올렸다. 그렇게 비교해 가며 듣던 마크는 진지한 얼굴로 변했다. 한참을 비교해 보던 중 갑자기 윤송의 SNS가 닫혀 버렸다.

"안 돼! 뭐야? 왜 이래? 벤, 이것 좀 고쳐봐!"

"음, 안 되겠는데? 막아놓은 거 같아."

한참을 만져봐도 다시 열릴 기미가 보이지 않자 마크는 초조함에 다리를 떨고 있었다. 그런 마크를 지켜보던 벤은 휴대폰으로 한참 동안 Who를 검색하더니 마크에게 내밀었다.

"유명한 가수라더니 찾기 너무 힘들다. 겨우 찾았네."

"역시 벤! 지금 당장 전화해 봐!"

"그냥 찾은 거지 어떻게 전화를 해? 너 한국 갔을 때 알던 사람 없어?"

"오, 기다려 봐. 병규! 나의 친구 병규! 오 마이 갓!"

마크는 한국의 배우이자 할리우드 영화에도 출연한 유병규에게 전화를 걸었다. 신호가 몇 번 울리지도 않았는데 전화기 너머로 반가운 목소리가 들려왔다.

—마크, 어쩐 일이에요?

"오 마이 프렌드 병규!"

마크는 친근하게 인사를 나누고 급한 마음에 다짜고짜 자신의 용건을 꺼냈다.

—Who요? 아, 들어본 것 같은데. 수덕아, 너 후 알지? 같이 뭐 한다고 안 했냐?

전화기 너머의 유병규는 누군가와 함께 있는지 잠시 대화를 하고 나서 대답했다.

—내 친구가 후랑 친하다고 하네요.

"역시 병규야! 나 후 좀 만나고 싶어! 아니, 내가 직접 말하게 전화번호 좀 알려줘!"

유병규는 옆 사람과 또 잠시 얘기를 나누더니 대답했다.

—후 전화번호는 모르고 회사 대표 전화번호는 알고 있다는데, 그거라도 알려줘요?

"음? 친하다며? 오케이! 일단 그거라도 알려줘."

전화번호를 넘겨받은 마크는 또 연락을 한다며 전화를 끊고 유병규를 통해 알아낸 번호로 전화를 걸었다. 오랜만에 느끼는 긴장감 때문에 신호가 길게만 느껴질 때 상대편의 목소리가 들렸다. 하지만 상대방의 말을 알아들을 수 없었다. 오히려 화를 내는 듯한 목소리에 마크는 조심스럽게 말했다.

―여보세요! 라온 엔터테인먼트라고요.

"헬로우. 아임 마크 그레이스. 아임 필름 디렉터. 유 노우?"

―하아, 이 자식이.

"왓? 텔 미 어게인?"

―이 자식아! 너 어디야? 네가 마크 그레이스면 난 임권택이 다!

휴대폰 너머의 남자는 버럭 소리를 지르고 전화를 끊어버 렸다. 당황한 얼굴로 벤을 쳐다보고는 휴대폰을 넘기며 손짓 했다.

"내가 해보라고?"

"어. 내가 무슨 실수를 했나 봐. 막 소리를 질러."

벤은 고개를 갸우뚱거리고 전화를 걸었지만 연결되지 않았 다. 그래서 마크에게 다시 넘겼다. 계속해서 전화를 걸던 마크 는 휴대폰을 내려놓고 벌떡 일어섰다.

"벤, 우리 놀러 가자."

"지금? 이 한밤중에? 어디 가려고? 설마……?"

"한국."

"또 병 도졌네."

*       *       *

이른 아침 회사 앞에 도착한 윤후는 정훈의 차에서 내렸다. 기타 케이스를 등에 메고 정훈을 향해 인사했다.

"아들, 잘 다녀와. 아빠 안부도 전해주고."

윤후는 조금은 들뜬 얼굴로 웃으며 대답하고 회사로 들어섰다. 윤후가 향한 곳은 회사 옥상도 아니고 지하 연습실도 아닌 경비실이었다.

"안녕하세요."

"윤후 군, 일찍 왔네요."

"네, 대식이 형은요?"

"조금 전에 사무실 올라갔으니까 금방 내려올 거예요. 그런데 이렇게 해도 되려나 모르겠네요."

평소와 다르게 깔끔한 남색 정장을 입고 있는 이진술은 걱정스러운 눈빛으로 경비실을 둘러보았다. 빌딩에서 경비원으로 일한 이후 일과 시간에 자리를 비우는 것이 처음 있는 일이다.

"대표님이 그러라고 하셨어요."

"아무리 그래도 이래도 되는지… 이것 참. 허허."

이진술과 대화 중일 때 푸석푸석한 얼굴로 계단을 내려오는 김 대표와 대식이 보였다. 휴게실에서 잤는지 지금 일어난 듯한 얼굴의 김 대표는 윤후를 보자마자 한숨부터 내쉬었다.

"안녕하세요."

"그래, 잘 다녀와. 어르신도 오늘은 쉬시고요. 대식이한테 말했으니까 먹고 싶은 거 사 먹고. 난 간다."

손을 흔들고 회사 밖으로 나가는 김 대표의 모습에 윤후는 대식을 쳐다봤다.

"신경 꺼. 팬미팅에서 나눠 준 USB 때문에 배 아퍼서 저러는 거여."

"음."

"팔고 싶은디 못 파니까 그런 거여. 어여 가자."

윤후는 고개를 끄덕거리고 주차장으로 향했다.

\*                  \*                  \*

출발한 지 얼마 지나지 않아 광명에 위치한 납골당에 도착했다. 기타를 메고 차에서 내리는 윤후는 평소와 다르게 잔뜩 긴장한 모습이었다.

"우리 형님이 기타 보면 참 좋아하겠어요."

이진술의 말에 미소를 짓고 기타를 고쳐 멘 다음 심호흡을 하고 따라 걸었다.

"뭐 그렇게 긴장을 헌데. 참 이상한 놈이여."

윤후와 기타 할배의 관계를 알 리가 없는 대식은 처음 보는 윤후의 모습에 고개를 갸우뚱거리며 따라 올라갔다. 길을 따라 올라간 곳은 건물이 아닌 나무가 잔뜩 심어져 있는 곳이었다. 이진술을 따라 나무들을 지나쳐 걸었다. 그리고 적당한 크기의 소나무 앞에 멈춰 섰다.

이건술. [1945. 10. 10~2007. 1. 24.]

이진술이 주름진 손으로 팻말을 조심히 쓰다듬었다.

"형님, 나 왔수. 근데 오늘은 혼자가 아니라우."

윤후는 멍하니 팻말을 보고 있었다. 가슴속에서 알 수 없는 감정이 요동쳤다. 실제로 마주하니 반갑기도 했지만 알 수 없는 슬픔이 밀려왔다. 어릴 적 엄마가 돌아가셨다는 것을 알았을 때와 비슷한 느낌에 윤후는 자신도 모르게 눈물을 흘렸다.

윤후는 천천히 걸어가 이진술이 한 것처럼 팻말을 쓰다듬었다. 한참을 쓰다듬던 윤후는 곧 울 것 같은 얼굴로 소나무를 안았다.

'보고 싶었어요. 말도 없이 그렇게 가서 내가 얼마나 걱정했다고요, 할아버지.'

소나무를 안고 있는 윤후는 어린아이 같은 울음을 뱉었다. 대식과 이진술은 처음 보는 윤후의 우는 모습에 놀라기는 했지만 다가가지는 못했다. 쉴 새 없이 말하는 모습이 마치 친

할아버지에게 말을 건네는 듯 보였다.

울음을 멈추고 나서도 한참 동안 나무를 끌어안고 있던 윤후는 팔을 풀고 등에 메고 있는 기타를 내려놓았다. 커다란 기타 케이스와는 달리 안에는 작은 기타 한 점이 천으로 단단히 고정되어 있었다.

"이거 나 주려고 했다면서요?"

언제 울었냐는 듯이 미소를 지으며 나무에 등을 기대고 기타를 안았다. 기타를 연주하고는 칭찬을 받으려는 아이처럼 기댄 나무를 향해 말했다.

"미완성 상태로 줘서 내가 완성시켜 봤는데, 어때요? 할배보다 잘 만든 거 같죠?"

조금은 진정이 됐는지 바닥에 앉아 나무에 등을 기댄 채 눈을 감았다. 뜨거운 햇빛을 막아주는 나뭇가지들이 항상 자신을 아껴주던 할배처럼 느껴져 더욱 좋았다. 대식과 이진술 역시 말없이 옆에 앉았다.

한참을 그렇게 시간을 보낸 윤후는 눈을 뜨고서 기타를 퉁겼다. 그동안 들어본 곡이 아닌 지금 자신의 마음을 표현하는 곡인 듯 따뜻한 느낌을 주었다.

대식과 이진술도 기타를 연주하는 윤후처럼 바닥에 앉았다. 슬픈 듯 들리면서도 따뜻하기도 한 묘한 연주였다. 비록 가사는 없었지만 작은 기타 연주는 윤후가 어떤 마음일지 충분히 느껴졌다.


*　　　　　*　　　　　*


　피곤함을 풀려 사우나에 갔던 김 대표는 머리가 젖은 채 허겁지겁 옥상 사무실 문을 열고 들어섰다.

　"그게 무슨 소리야?"

　이종락은 곤란한 표정을 지으며 자신이 보고 있던 모니터를 돌렸다. 숨을 거칠게 내쉬면서도 모니터에 보이는 글을 읽어 내려가던 김 대표는 주먹으로 책상을 내려쳤다.

　"진짜 이 개새끼들이… 해도 해도 너무하네!"

　"일단 인팩트에서 최초 유포된 건 확인했어요. 그런데 연락이 안 되네요."

　"이게 말이 돼? 확인도 안 하고 글을 싸지르면 다야!"

　"진정하세요. 일단 오보라고 자료 돌리고 있어요. 이 기자님도 도와주신다고 했고요."

　마른 입술에 침을 바르며 숨을 고르던 김 대표는 화면에 보이는 사진을 보며 인상을 찌푸렸다. 그때 마침 죄인처럼 고개를 숙이고 사무실로 들어오는 두식이 보였다. 김 대표는 대머리인 자신의 머리를 양손으로 비비며 두식을 보고 말했다.

　"…이거 설명해."

장난기 없는 차가운 김 대표의 말에 두식 역시 진지한 얼굴로 답했다.

　"얼마 전에 윤후랑 극장 갔을 때 같아유."

　"그런데 송이가 왜 있어?"

　"죄송해유. 공연도 끝나고 해서 제가 데려갔어유. 죄송해유."

　김 대표는 여전히 차가운 얼굴로 두식을 노려보다가 물었다.

　"윤후랑 송이, 기사처럼 사귀는 사이야?"

　"절대 아니여유. 송이는 윤후를 좋아한다기보다 존경하는 것 같구유, 윤후는 별 관심 없는 거 같구유. 대표님도 아시잖아유."

　"하, 그런데 너랑 대식이는 왜 사진에 없어."

　"바로 옆에 있는디 사진에만 안 보이는 거예유."

　김 대표가 뻐근한 어깨를 주무르고 고개를 돌릴 때 두식이 머뭇거리며 말을 했다.

　"송이 내치실 거 아니쥬? 송이 잘못 없어유. 데리고 간 제가 잘못이구만유."

　"하, 넌 날 뭐로 보고 그런 말을 하냐? 됐다. 나가봐."

　김 대표는 꾸벅 인사를 하고 나가는 두식을 보며 한숨짓고 일이 얼마나 커진 것인지 확인하기 시작했다. 그러고는 기가 찬다는 듯 기사를 읽어 내려갔다.

　"하하, 진짜 미치겠네. 이 새끼들 봐라. 확인 전화를 했는데 라온에서는 시인도 부인도 하지 않았다. 그 이후 곧바로 회사의 SNS 계정과 홈페이지의 전화번호가 사라졌으며 당사자인 윤송의 개인 SNS 계정도 삭제되어 있음을 확인했다. 어제 전화 받은 사람?"

김 대표는 문득 USB 때문에 정신이 없을 때 온 장난 전화라 치부한 전화가 생각났다. 말도 안 되는 소리라 여긴 탓에 장난 전화로 생각한 것이다.

"일이 꼬이려니까 이렇게 꼬이네."

SNS 계정도 스캔들 때문에 닫아버린 것이 아니라 윤후의 USB에 관한 문의 내용 때문이었건만 기사의 내용으로만 봐서는 시기가 맞아떨어졌다. 그 글을 시작으로 이런 글로도 기사를 쓸 수 있나 하는 생각이 들 정도로 말도 안 되는 소설 같은 기사가 가득했다.

"…이건 또 뭐야? 이건 그냥 팬미팅이잖아. Who는 팬미팅 중 밴디스의 전 멤버 채우리 양을 팬들이 보고 있는 가운데 무대 위로 불러냈다? 그래, 불러냈다! 근데 그게 어쨌다고? 뒤에 무슨 말이라도 있어야지! 뭔 상상을 하라고 이따위로 끝내 놓은 거야?"

어디서 어떻게 얻었는지 모를 채우리가 윤후를 끌어안은 사진이 기사 밑에 같이 게재되어 있었다. 기사들의 내용을 종합해 보면 윤송과도 만나고 있고 채우리와도 관계가 있는 상태였다. 대중들이 어떻게 받아들일지는 안 봐도 뻔했다.

"대표님, 지금 후 실시간 검색어에 도배되고 있어요."

"그러겠지. 애들한테 아무것도 하지 말고 그냥 기다리라고 해. 회사에서 처리한다고. 특히 윤후랑 윤송!"

심지어는 윤후가 올린 매니저를 옹호하는 영상까지 사람들의 입에 오르내리고 있었다. 같은 회사 남자 친구가 자신을 언급하지 않아 섭섭했다는 윤송의 영상과 함께.

어제부터 이어진 피곤함이 어깨를 짓누를 때, 김 대표의 휴대전화가 울렸다. 전화번호를 확인한 김 대표는 한숨을 뱉고 전화를 받았다.

"네. 지금 대처하고 있으니까 촬영에 지장 가지는 않을 겁니다."

─네?

"지금 후 스캔들 때문에 전화하신 거 아닙니까?"

─아, 그거 아닌데요. 그놈이 잘도 여자 만나겠네. 참 말도 안 되는 기사죠. 그거 때문에 전화한 게 아니라요, 급해서 그런데 지금 라온에 좀 방문해도 될까요?

전화를 받은 김 대표는 윤후를 잘 아는 것처럼 말하는 킹스터의 말에 피식 웃었지만, 지금은 스캔들을 대처하느라 곤란한 상황이었다.

"지금은 조금 곤란하죠. 중요한 일 아니시면 나중에 따로

뵙는 게 어떨까요?"

　―아, 안 되는데… 대표님, 혹시 말이에요. 에이, 당연히 아닐 거 알고 물어보는 건데요.

　"…네? 무슨 말씀을 하시려고……."

　―어제 혹시 영화감독 마크 그레이스 전화 받은 적 있어요?

　"그 사람이 저한테 왜 전화를 겁니… 음?"

　생각해 보니 마크 그레이스라고 걸려온 장난 전화가 떠올랐다. 설마 하는 생각이 머리를 스쳐 지나갔다.

　―아니죠?

　"왜요?"

　―어제 낮에 병규한테 전화가 와서 제가 대표님 전화번호를 알려줬거든요. 그런데 소리치고 끊어버렸대서요.

　"아, 그게… 진짜… 마크 그레이스? '더 라이온', '미션 민스미트' 감독 마크 그레이스?"

　―받았네, 받았어!

　"그 사람이 왜… 저한테?"

　―그거 후 때문이에요. 대표님 애 중에 윤송 있죠? 윤송이 SNS에 올린 무슨 영상을 보고 후 만나보고 싶다고 그러더라고요. 지금 한국에 오고 있을걸요? 어젯밤에 LA에서 출발한다고 병규한테 연락 왔으니까 지금쯤 도착할 때 됐겠네요. 대표님! 김 대표님! 여보세요?

"아, 네. 금방 다시 전화 드릴게요."

전화를 끊고 멍하니 있는 김 대표를 본 직원들은 더 큰일이 일어났나 싶어 안절부절못했다. 그러던 중 직원들의 눈치를 받은 이종락이 조심스럽게 입을 열었다.

"저… 대표님, 무슨 일인지 말씀해 주셔야 지금 대처할 텐데요."

"어? 아, 그렇지."

잠시 생각하던 김 대표는 정신을 차리려는 듯 고개를 마구 흔들고 말했다.

"윤송한테 SNS 열라고 해. 아니다. 두식이한테 송이 좀 데려오라고 해."

＊　　　＊　　　＊

사람이 없는 한적한 커피숍에 마주 앉아 있는 두 사람은 서로 만족한 얼굴을 했다.

"역시 우 기자님께 맡기길 잘했다는 생각이 듭니다."

"훗."

얼마 전 정훈의 공방에도 온 우 기자라는 사람은 커피를 마시며 대수롭지 않은 일이라는 듯 웃었다.

"아시겠지만 당분간 내리지 않고 유지시켜만 주셔도 저번에 약속한 대로 지불하겠습니다."

"뭐… 약속은 잘 지키시니… 고소장 날아오면 그때 정정 보도 내보낼 테니 그쪽이 약속한 대로 벌금 내주시는 겁니다."

"네, 물론이죠."

오리 엔터의 차 실장은 만족스러운 얼굴로 자리에서 일어났다. 악수를 하고 사라진 차 실장을 물끄러미 보던 우 기자는 커피를 마시며 의자 옆에 놓아둔 녹음기를 껐다.

"만약을 대비해서. 후후, 이 바닥에서는 영원한 아군도 적군도 없으니까 말이야."

커피를 마시고 자리에서 일어서려 할 때, 자신의 녹음기와 비슷한 녹음기를 테이블에 올려놓고 앞에 앉는 사람이 있었다.

"인팩트지 우승민 기자님 되시죠?"

"사람 잘못 보셨습니다만?"

"에이, 왜 그러세요. 지금 저기 앉아서 다 들었는데. 지금 나간 사람, 오리 엔터 차 실장이죠? 맞죠?"

우 기자는 얼굴을 한껏 찌푸리며 자신의 앞에 앉아 약 올리듯 웃고 있는 여자를 쳐다보았다.

# Chapter 7

스캔들

　사무실에서 바짝 얼어 있는 윤송은 자신의 휴대폰을 보고 있는 김 대표를 힐끔거렸다. 죄도 짓지 않았는데 죄를 지은 사람처럼 한없이 움츠리고 있을 때, 두식이 윤송의 어깨를 두드렸다.

　"걱정허지 마. 잘 해결될 거여."

　"죄송해요, 오빠. 제가 괜히 따라간다고 해서… 후 님한테 죄송해서 어쩌죠?"

　영상을 다 봤는지 휴대폰을 건넨 김 대표가 두 사람을 보고 혀를 찼다.

"놀고들 있네. 지금 후가 걱정되냐? 너 지금 꼬리 쳤다고 엄청 욕먹는 거 안 보여? 니 팬보다 후 팬이 백배는 많아. 그리고 너, 죄지었어? 왜 그렇게 처져 있어?"

"…죄송해요, 대표님."

"그런데 이딴 걸 듣고 마음에 들었다는 거야? 엄청 듣기 싫은데?"

김 대표는 움츠리고 있는 윤송이 못마땅한지 한숨을 내뱉고 옥상으로 나갔다. 옥상 정자에 앉아서 지금의 상황을 어떻게 벗어나야 하나 생각해 봤지만 쉽게 해결책이 떠오르지 않았다. 윤송과의 스캔들만 있다면 모를 텐데 채우리가 끼는 바람에 윤후의 이미지가 갈수록 내려가고 있었다. 해명 기사를 내봐도 해명 기사보다는 자극적인 기사가 먼저 눈에 들어오는 것이 사람이기에 도움이 되지 않았다. 끊은 담배 생각이 나서 옆에 있는 화분에 발길질할 때 사무실에서 이종락이 나왔다.

"종락아, 미안한데 담배 하나만 줘라."

"전화나 받으세요. 여기요."

놓고 나온 휴대폰을 건네던 이종락은 담배까지 다시 꺼내 건네주면서 김 대표를 안쓰럽게 쳐다보고는 사무실로 들어갔다. 김 대표는 머리 아픈 상황에 계속 전화하는 킹스터 때문에 인상을 찡그리고 전화를 받았다.

─대표님, 지금 후 만날 수 있어요?

"지금 상황 아시잖습니까."

―잠깐만 만나보는 건데도 안 될까요? 영상에 대한 음악 얘기 좀 들어보고 싶다는데.

잠시 어떻게 해야 되나 고민하던 중 담배 연기를 내뿜은 김 대표는 음흉한 미소를 지었다. 그러고는 전화에 대고 말했다.

"하, 먼저 무슨 얘기인지 제가 들어봐도 되겠습니까?"

―그러시죠. 그럼 한 시간 후에 갈게요.

전화를 끊은 김 대표는 다급하게 대식에게 전화를 걸었다.

"오지 마! 전화하기 전까지는 절대 회사로 오지 마! 말했다! 오지 말라고! 그리고 윤후는 누가 물어보면 마크 팬인 거다!"

할 말만 하고 전화를 끊은 김 대표는 또다시 어디론가 전화를 걸었다.

"지금 특종! 빨리 와요!"

빠르게 전화를 끊은 김 대표는 담배를 끄고 사무실 문을 벌컥 열었다. 그러고는 자신을 쳐다보는 사무실 직원들을 보며 씩 웃었다.

\*　　　　　\*　　　　　\*

납골당에서 회사로 이동 중인 대식은 뒷좌석에서 창문을 바라보는 윤후를 힐끔거렸다. 김 대표에게 스캔들이 터졌다는 얘기를 전해 들었지만, 윤후의 모습으로 봐서는 전혀 신경 쓰는 것처럼 보이지 않았다.

"너 설마……."

"아니에요."

"그려. 그런데 무슨 생각 하는 거여?"

"그냥요. 반갑지만 그립다는 게 이런 느낌이구나 하는 생각이요."

"그게 뭔 소리여?"

윤후는 창밖을 보며 기타 할배의 나무를 만나 반가운 한편, 앞으로 다시는 볼 수 없다는 생각에 그리워하고 있었다. 스캔들이야 짧은 활동 기간이었지만 수시로 루머가 터지는 통에 이번에도 큰일이 아닐 거라는 생각이었다. 그래서 말도 안 되는 루머보다는 지금 느끼는 감정을 정리하는 데 바빴다.

"할아버지, 할아버지 형은 언제부터 기타를 만들었어요?"

"그건 나도 잘 몰라요. 언제부터 만들었는지."

씁쓸하게 웃으며 말하는 모습에 왜인지 더 묻기가 어려웠다.

"그나저나 윤후 군이 스타는 스타인가 보네요. 윤후 군 얘기가 식을 만하면 또 나오고 그러네요."

"그쥬? 뭐 하는 것도 없는디 툭허믄 별거 아닌 걸로 사람잡으려고 그러는지, 참."

걱정하는 얼굴로 말을 돌리며 쳐다보는 이진술의 모습에 궁금하기는 했지만 묻지 않았다.

"괜찮아요. 대표님이 해결한다고 그러셨잖아요."

"하하, 확실히 대표님이 그런 건 대단하시죠. 처음에 건물 인수하고 들어왔을 때는 언제 망하나 싶었는데 어려운 상황들을 다 이겨내더라고요."

"그쥬. 다른 사람이 피곤혀서 그렇지 해결은 잘하쥬."

호랑이도 제 말 하면 온다더니 대식의 말이 끝나자마자 대식의 휴대폰이 울렸다.

"이제 곧 도착해유. 네? 회사로 안 가면 워딜 가유, 지금?"

끊긴 전화를 보고 대식이 인상을 찌푸리며 말했다.

"참 나, 지금 이 상황에 워디에 가 있으라고. 그런디 마크 팬이 뭐여? 대표님이 너더러 마크 팬이라는디? 볼펜 말하는 거여? 너도 몰러?"

"네, 몰라요."

"아니, 이 양반이 뭔 수작을 부리려고 또 이런댜."

윤후 역시 회사로 오지 말라는 이유를 알지 못했다. 왜일까 생각하던 윤후는 스캔들이 터졌다는 말보다 김 대표가 무엇인가를 할 것만 같아 불안해졌다.

*　　　　*　　　　*

커다란 검은색 밴을 탄 킹스터는 맨 뒷좌석에 앉아 휴대폰을 보고 있었다. 앞좌석에 앉은 마크 그레이스와 그의 일행인 동양인, 그리고 자신의 친구이자 한류 스타인 유병규가 영어로 대화하는 통에 끼어들지 못했다.

"이렇게 몰래 와도 돼요?"

"뭐 어때? 내가 가겠다는데. 에이전시에 말도 안 했어."

그때, 마크의 동양인 친구인 벤이 고개를 저었다.

"마크, 내가 출국 전에 전화했는데? 콜린도 내일 도착할 거야. 바로 출발한다고 했으니까."

"그걸 왜 말해? 나 시달리는 거 보고 싶어서 그랬지?"

"나중에 알면 얼마나 시달리려고. 고마운 줄 알아."

벤은 자신을 못마땅하게 쳐다보는 마크를 보며 어깨를 으쓱한 뒤 유병규를 향해 물었다.

"마크가 만나고 싶어 하는 사람이 병규보다 유명해?"

"하하, 지금 시끄러운 거 보면 그러지 않을까요?"

"대단하네. 난 한국 사람은 병규랑 우리 엄마밖에 몰라서."

"저 뒤에 있는 친구도 보기보다 유명한 작곡가인데 저 친구가 칭찬할 정도면 실력도 있어 보이고요."

벤은 뒤에 있는 킹스터를 매니저쯤으로 생각했는데 유명한 작곡가라는 말에 놀란 듯이 고개를 돌려 쳐다봤다. 킹스터 역시 갑자기 자신을 쳐다보는 벤을 보며 무슨 말이 오갔는지 모르지만 억지 미소로 답했다.

유병규의 차가 어느덧 라온 엔터에 도착했다. 주차장으로 들어가려 할 때, 운전을 하고 있던 유병규의 매니저가 곤란한 얼굴로 말했다.

"형님, 지금 못 지나가겠는데요? 저 사람들, 기자 같은데……."

라온 엔터에 커다란 밴이 도착하자 정신없이 쏟아지는 질문과 함께 쉴 새 없이 사진을 찍어대는 사람들이 보였다. 그에 안에서 지켜보던 마크와 벤은 혀를 내두를 정도로 놀랐다.

"우리가 만나려는 사람… 빅 스타야? 사람들이 계속 '후' 어쩌고 그러는데?"

"흠, 지금 나갔다가 마크 씨 알아보면 곤란할 것 같은데. 나중에 올까요?"

그때 누군가가 나와 주차장 철문을 밀며 들어오라고 손짓했다. 뒷좌석에서 역시 곤란한 얼굴을 하고 있던 킹스터가 웃으며 말했다.

"나와 계셨네. 빨리 들어가."

차를 주차장 안쪽에 주차하고 유병규는 차에 있던 모자와 선글라스를 마크와 벤에게 각각 건넸다.

"미국 파파라치처럼 한국도 대단하거든요. 귀찮더라도 쓰고 올라가세요."

고개를 끄덕이며 모자와 선글라스를 착용하고 차에서 내려 건물로 들어갔다. 계단을 올라 3층 휴게실 문을 열고 들어서자 자신들을 안내한 남자가 인사를 건넸다.

"안녕하세요. 대표를 맡고 있는 김기상이라고 합니다. 어제 통화는 죄송했습니다. 장난 전화가 하도 많이 오다 보니… 하하하!"

한국말로 건네는 인사였지만, 유병규에게 전해 들은 마크는 크게 웃으며 괜찮다고 말하고 인사를 했다. 한류 스타임에도 불구하고 통역사로 전락한 유병규도 김 대표에게 인사를 건네고 자리에 앉았다.

"그러니까 윤후가 만든 음악이 마음에 들어서 한국까지 찾아오셨다는 거죠?"

"정확히는 영화의 한 부분을 표현한 음악이라는 거죠."

이미 킹스터에게 대략 들어 알고 있는 김 대표였지만 확인을 했다. 확인을 마친 김 대표는 마크를 힐끔거리며 곤란한 얼굴로 유병규에게 말했다.

"지금 아시다시피 상황이 안 좋아서요. 그게 실은… 지금 이 상황을 만든 직접적인 원인이 마크 씨거든요."

김 대표는 다시 마크를 힐끔거렸다. 유병규가 통역해 준 말을 들은 마크는 어깨를 으쓱거리며 궁금하다는 듯이 김 대표를 쳐다봤다.

"우리 윤후가 마크 씨의 작품을 너무 좋아해서 한국에서 개봉한 '미션 민스미트'를 보러 갔다가 일이 터져 버렸습니다. 후가 마크의 영화는 혼자 보면 안 된다고 그렇게 사람들을 끌고 가서 보더니만… 그때 말도 안 되는 일이 터져서 지금 집에 꼭꼭 숨어 있습니다."

통역을 해주는 병규 역시 윤후에 대해 잘 몰랐기에 김 대표에게 들은 대로 통역했다. 하지만 뒤에서 듣고 있던 킹스터는 기가 찬다는 얼굴로 김 대표를 쳐다보고 있고, 유병규의 말을 들은 마크는 감동한 얼굴이었다.

김 대표가 윤후의 사정을 얘기했고, 한참 동안 대화가 오갔다. 그런데 그때 갑자기 휴게실 문을 박차고 들어오는 사람이 있었다. 기자로 보이는 여자는 들어오자마자 마이크를 들이밀었고, 동행으로 보이는 남자는 연신 카메라 셔터를 눌러댔다. 김 대표가 벌떡 일어나 기자를 막아섰다.

"이게 무슨 짓입니까! 나가세요!"

"잠시만요. 몇 가지만 말씀해 주시죠. 후는 지금 어디에 있나요? 소속사에서도 알고 있었나요?"

"나가시라고요!"

버럭 지르는 김 대표의 말에도 꿈쩍도 않는 기자를 가만히 보던 마크가 유병규에게 속삭였다.

"저 여자, 기자야?"

"그래 보이네요. 참, 귀찮아도 조금만 얼굴을 가리세요."

마크 그레이스는 유병규를 보며 괜찮다고 손짓하고서 무례하게 느껴지는 기자를 향해 손짓했다.

"헤이."

기자가 자신을 쳐다보자 쓰고 있던 마크는 선글라스와 모자를 벗으며 어깨를 으쓱거렸다. 단번에 알아보지는 못하는 것 같았지만, 점점 커지는 동공을 보며 씨익 웃었다. 그러고는 기자에게 의자에 앉으라고 손짓했다.

"마크 그레이스?"

"예스, 아임 마크 그레이스. 사랑해요, 연예TV."

옆에 있던 유병규가 당황한 얼굴로 마크의 귀에 대고 속삭였다.

"마크, 그거 아무 때나 하는 거 아니에요. 방송사가 달라요. 그런데 한국에 왔다는 거 알려지면 피곤할 텐데 괜찮겠어요?"

"괜찮아. 나 때문에 내 친구가 곤란하다잖아."

"지금 회사에 말하면 막아줄 수 있어요."

"괜찮아."

마크는 기자를 보고 활짝 웃으며 질문을 하라는 듯 양손을 들어 올렸다. 윤후를 취재하러 왔다가 의외의 인물을 발견한 기자는 이런 상황을 준비라도 한 것처럼 자연스레 질문했다.

"갑자기 한국을 방문을 한 이유가 뭔가요?"

"내 친구 만나러 왔습니다."

"한국에 친구가 있나요? 혹시… 옆에 계신 배우 유병규 씨 말씀하시는 건가요?"

"노노. 병규도 내 친구지만 아직 얼굴은 못 본 친구 보러 왔는데 지금 볼 수가 없어서 슬프네요. 내 영화를 보러 갔다가 스캔들이 터졌다는 얘기를 들어서."

"혹시 지금 말씀하시는 친구가 가수 후인가요?"

"오, 맞아요! 내 친구 후."

환하게 웃으며 대답하는 마크를 본 김 대표는 조용히 뒤돌아섰다. 기쁨을 참으려는 듯 입술을 깨물고 주먹을 불끈 쥐다가 자신을 쳐다보며 고개를 젓는 킹스터와 눈이 마주쳤다. 그러자 바로 김 대표는 불쌍한 얼굴로 변해 킹스터를 쳐다봤다. 한숨을 쉬며 고개를 끄덕이는 킹스터의 모습을 확인하고서야 안도의 한숨을 쉬며 다시 인터뷰하는 마크를 쳐다봤다.

"단지 얼굴도 못 본 친구를 만나러 한국에 오셨다고요?"

"그래요. 내 다음 영화에 대한 얘기를 하고 싶어서 왔어요. 미안해, 후. 나 때문에 이상한 스캔들 터져서."

한참 동안 이어진 인터뷰가 끝나자 기자는 마크와 유병규의 사진을 찍는 것으로 마무리했다. 그러자 김 대표는 기다렸다는 듯 기자에게 말했다.

"다 되셨으면 이만 가주시죠. 저희한테 중요한 손님이라서요."

김 대표는 기자를 끌고 휴게실 밖으로 나갔다. 휴게실 문이 닫힌 것을 재차 확인한 김 대표는 그제야 숨을 몰아쉬듯이 크게 내뱉고 기자를 보며 환하게 웃었다.

"이 기자님, 하하! 내가 특종 준 겁니다!"

"에이, 솔직히 말하면 뻥이죠. 차에서 찍은 영상은요?"

"여기요."

"고마워요. 할 얘기도 있고 내일 올게요. 선물 기대하세요."

이주희는 김 대표를 보며 엄지를 내밀었고, 김 대표도 이 기자가 동료라도 된 듯 같이 엄지를 내밀었다.

"참, 두식 씨 좀 잠깐 빌려주세요."

"두식이는 왜요?"

"쫓겨난 것처럼 나가야 되잖아요. 안 그러면 밖에 있는 기자들 때문에 피곤해져요. 히히."

김 대표는 웃다가 휴게실을 쳐다보고 입을 막았다. 그러고는 전화로 두식을 부르고 계단을 내려가는 이주희에게 손을 흔들며 인사했다.

마크 그레이스에게 후를 만나게 해주겠다는 약속을 하고 헤어진 김 대표는 개선장군이라도 된 듯 사무실 문을 열었다.

"하하하, 밥은 먹고 일해야지?"

"잘되셨어요? 두식이가 이 기자님한테 듣기로는 잘될 것 같다고 그러던데요."

"그럼, 그럼! 걱정하지 마. 그리고 지금 윤후 스캔들 올린 곳 다 정리해 둬라. 취재 요청만 와봐. 하하하!"

"그런데 그렇게 사기 쳐도 돼요?"

"이게 무슨 사기야, 전략이지?"

사무실에 있던 모든 직원이 고개를 저었다. 그럼에도 뿌듯해하고 있는 김 대표는 문득 아차 하는 생각에 두식을 보며 물었다.

"두식아, 윤후 영어 못하지?"

"그러겠쥬. 노래 맹그는 거 빼고는 돌대가리 같은디."

"하하, 그렇지? 다행이야. 영어라도 할 줄 알면 제멋대로 말했을 놈이니까. 하하! 종락이 너, 영어 좀 하지? 네가 내일 통역 좀 해. 어떻게 해야 되는지는 알지?"

이종락은 신나 있는 김 대표를 보며 한숨을 쉬고 어쩔 수 없다는 듯이 고개를 끄덕였다. 그때 사무실 문이 벌컥 열렸다.

"세계적으로 유명한 감독이 우리 위대한 후 형님 만나러 왔다는 게 사실이에요?"

"역시 혼 니! 스고이! 스고이!"

"이 자식들이… 어디서 그런 소리는 들어가지고. 연습이나 하지."

김 대표는 연습생들을 가만히 보며 턱을 쓰다듬었다. 그러고는 이종락에게 웃으며 말했다.

"종락아, 채우리 연락처 알아봐."

*          *          *

나이스데이 취재부의 주간 기획 회의를 마친 이주희는 회의실을 나가는 부장의 뒤를 따라갔다.

"부장님."

"어, 왜?"

"저 편집장님께 따로 드릴 말이 있어서요."

"가서 말해. 바로 옆인데."

"제가 거래를 좀 할까 하는데 혹시나 부장님한테 누가 될까 봐서요."

이주희는 미리 준비해 놓은 사직서를 꺼내놓고 취재부 부장을 보며 입을 굳게 다물었다.

"뭔데? 일단 들어보자."

이주희는 다른 기획사들의 취재가 막힌 이유부터 오리 엔터가 벌인 일까지 얘기했다. 그때까지 시큰둥하게 듣고 있던 부장은 이주희가 마크 그레이스를 인터뷰했다는 말에 거짓말이라 생각했는지 피식 웃었다.

"야, 그 사람이 한국에 왔으면 이미 방송국에서 보도 나갔지. 안 그래? 일 그만두고 싶어서 그래?"

"아니에요. 우민 선배가 직접 같이 가서 촬영해 줬어요."

"…뭐? 진짜야? 왜 그걸 말 안 했어?"

취재부 부장은 이주희가 건네준 영상을 보고는 생각에 잠겼다. 이주희가 한 말이 사실이라면 윤후는 지금과 비교할 수 없는 대스타의 길로 들어설지도 모른다. 그리고 무엇보다 인터뷰 하나만으로 얼마만큼의 광고가 붙을지 가늠이 되지 않았다.

"음, 일단 저기 휴게실에 가 있어. 사람들 많은 데서 말해봤자 좋을 것 없으니까. 내가 모셔올게."

휴게실에 앉아 있는 이주희는 손에 꽉 쥐고 있는 사직서가 땀으로 젖을 정도로 긴장했다. 그때, 휴게실 문이 열리면서 편집장이 들어오다 말고 이주희를 보며 못마땅한 듯 인상을 썼다.

"또 너야? 뭐 때문에 보자고 한 거야?"

이주희는 꾸벅 인사를 하고 다짜고짜 용건부터 말했다.

"편집장님, 저번에 올린 오리 엔터, 이번 기사랑 묶어서 올려주세요."

"뭔 소리야? 언제 적 기사를……."

"기자에게 뒷돈 주면서 계획하고 악의적인 루머를 퍼뜨린 증거도 이미 있고요."

"안 돼. 그럴 시간에 하나라도 더 다른 취재를 하라고 말 안 했던가?"

이주희는 긴장 탓인지 메마른 입술에 침을 묻히고 주머니에서 USB를 꺼내 들었다.

"지금 한국에 할리우드 감독 마크 그레이스가 방문해 있어요. 이 손에 든 USB에는 어떤 신문사나 방송국도 취재하지 못한 마크 그레이스의 단독 인터뷰가 들어 있고요. 지상파 방송국에서 한다고 해도 겨우 5분밖에 못하는 걸 30분이 넘게 인터뷰한 내용이 담겨 있어요."

편집장이 옆에 있는 취재 부장을 쳐다보며 진짜냐는 눈빛을 보내자 부장이 고개를 끄덕였다.

"오리 엔터 보도 허락 안 해주시면 저 사직서 내겠습니다."

"…뭐? 장난해?"

"파일은 이미 다 잠가놨고요, 그거 풀리기 전에 사장님하고 다른 신문사에 전부 보낼 거예요."

"너 그거 회사 규정 위반이야! 몰라?"

"알죠. 그래서 사장님한테 직접 보낼 거예요."

편집장은 얼굴을 일그러뜨리고 이주희를 노려봤다.

*      *      *

회사 앞에 진을 치고 있는 기자들을 뚫고 회사로 들어온 윤후는 옥상 정자에 앉아 김 대표의 말을 듣고 있었다. 사설이 많은 것으로 보아 무엇인지는 모르겠지만 귀찮은 일을 벌이는 것처럼 느껴졌다.

"스캔들 때문에 미치겠어. 너도 신경 쓰이지? 하, 너를 어떻게 보고 바람둥이니 뭐니… 알지도 못하면서. 가요계의 플레이보이란다."

"네."

"내가 그것만 있으면 말을 안 해. 너 스캔들 사진 찍힌 날 본 영화 있지?"

"네."

"그 감독이 널 찾아왔더라고."

무슨 소리를 하는 건가 싶어 김 대표를 빤히 쳐다보자 휴대폰에 저장해 둔 영상을 보여줬다. 차 안에서 연주하던 모습을 본 윤후는 가만히 김 대표를 쳐다봤다

"그거 송이가 찍은 거야. 그거 보고 그 영화감독이 한국에 찾아왔어."

"흠."

"내가 안 된다고, 안 된다고, 지금은 만날 수가 없다고 그랬는데… 너도 킹스터 성격 알지? 사람 피곤하게 하는 거. 킹스터가 데리고 쳐들어왔지 뭐야."

킹스터라면 그럴 수 있다는 생각에 고개를 끄덕였다. 그 모습을 본 김 대표는 탄력을 받아 열심히 말을 이었다.

"내가 어제는 일단 힘들게 돌려보냈어. 그런데 듣기로는 그 감독이 인터뷰를 했단다."

"무슨 인터뷰요?"

"나도 모르지. 들리는 얘기로는 자기 영화를 보러 가서 너한테 피해가 간 것만 같아 유감이라는 식으로 인터뷰했다는데……."

윤후는 계속 고개를 끄덕거리기만 했고, 김 대표는 그런 윤후를 조심스럽게 쳐다봤다.

"그렇게까지 해줬는데, 일단은 한번 만나는 보는 게 어떨까?"

"만나보라고 저 회사로 오라고 한 거 아니에요?"

"아니야! 절대! 네가 싫으면 지금 바로 집에 가도 돼!"

"이상한 거 시키려고 하는 거 아니죠?"

"야, 내가 언제 그런 적 있냐?"

윤후는 자리에서 일어나며 고개를 저었다.

"연습실에 있을게요."

"그래, 알았어. 하하! 부르기 전까지 편히 쉬고 있어. 휴식 기간인데 편히 쉬어야지."

윤후는 옥상에서 내려와 지하 연습실을 가려다가 경비실을 쳐다봤다. 이진술은 건물 청소 담당이 따로 있음에도 청소까지 도맡아하는 통에 경비실을 자주 비웠다. 그래서 빈 경비실을 뒤로하고 지나가려 할 때, 커다란 쟁반을 들고 건물로 들어오는 이진술이 보였다.

"안녕하세요."

"아, 윤후 군. 오늘도 왔어요?"

"네. 그건 뭐예요?"

"아, 날도 더운데 밖에 사람들이 서 있어서 말이죠. 지금은 안 좋은 일 때문에 왔다지만 언제 또 좋은 일이 있을 때 올지도 모르는 사람들이잖아요?"

철문 밖에서 진을 치고 있는 기자들에게 차가운 커피를 대접한 모양이다. 윤후는 자신을 위한 이진술의 따뜻한 마음이 느껴져 미소를 지었다.

"윤후 군도 차가운 커피 한 잔 줄까요?"

"네."

"하하, 잠깐 들어올래요?"

작은 경비실에 들어가 앉은 윤후는 이진술이 건네는 커피를 홀짝이며 펜을 들어 책상에 있는 종이에 끄적거렸다.

"악보인가 보네요."

"할아버지도 악보 볼 줄 아세요?"

"하하, 그냥 기타 악보만 대충 알아보는 정도죠. 형님 덕분에."

윤후는 씩 웃고는 악보를 그리며 말했다.

"어제 연주한 거 그려보는 거예요."

"어떤 노래가 나올지 궁금한데요? 하하!"

"아직 못 만들어서요. 다 만들면 들려 드릴게요."

이진술도 입에 종이컵을 물고 열심히 악보를 그리는 윤후를 보며 미소를 지었다. 그때 김 대표와 이종락이 계단을 허겁지겁 내려가는 것이 보였다.

"무슨 일 생겼나 봐요."

"저 찾으러 내려가는 걸 거예요. 신경 쓰지 마세요."

"하하, 그럼 안 되죠. 대표님이 걱정하실 텐데."

그때, 건물 뒤 주차장으로 검은색 밴이 들어서는 것이 보였다. 회사 차량이 아니기에 이진술이 경비실 문을 열고 나섰다. 윤후가 여전히 악보를 그릴 때, 지하 연습실에서 올라오는 김 대표와 이종락이 보였다.

"도착했는데 어딜 간 거야? 일단 마크나 데리고 오고 나서 찾자."

윤후는 경비실에 앉아 턱을 괴고 김 대표의 모습을 지켜보고 있었다. 그리고 잠시 후, 외국인 두 명과 킹스터가 함께 회사로 들어섰다. 김 대표는 따라 나온 이진술에게 웃으며 인사를 하다가 경비실에 앉아 있는 윤후와 눈이 마주쳤다.

"야, 인마! 니가 왜 거기 앉아 있어? 얼마나 찾았는데!"

윤후는 그제야 경비실을 나서며 김 대표의 뒤에 있는 외국인을 쳐다봤다. 그때 김 대표가 윤후의 귀에 속삭였다.

"괜찮아. 종락이가 다 알아서 할 테니까. 외국인도 같은 사람이야. 하하!"

무표정으로 있는 윤후의 등을 두드릴 때, 환하게 웃으며 마크 그레이스가 다가왔다.

"당신이 후? 영상에는 얼굴이 안 나와서 몰랐는데 생각한 것보다 어리잖아? 당신이 후 맞습니까? 그 영상의 주인공?"

그레이스의 말이 끝나자마자 종락이 앞으로 나서서 윤후에게 통역을 해주었다.

"어려서 놀랐대. 영상 속의 주인공이 너 맞느냐고."

윤후는 종락을 멀뚱히 쳐다보다 마크를 보며 말했다.

"Yes."

"한국말로 해도 돼. 내가 통역해 줄게."

간단히 인사를 나누고 3층 휴게실로 자리를 옮긴 일행은 거실 소파에 앉았다. 마크는 윤후가 신기한지 웃는 얼굴로 쳐다보다가 말했다.

"내 영화 좋아한다고 저 사람이 말해줬어요. 내 영화 보고 싶어서 극장 갔다가 스캔들에 휘말렸다는 소리도 들었고."

윤후는 마크의 말이 끝나자마자 옆에 앉아 있는 김 대표를 쳐다봤다. 그리고 환하게 웃고 있는 김 대표를 보고는 고개를 저었다. 이종락이 통역을 해주기 전에 윤후가 먼저 입을 열었다.

"괜찮아요. 그래도 인터뷰는 고마워요."

"영어 할 줄 알아요? 발음이 완전 좋아. 미국에 산 적 있어요?"

"그건 아니지만 영어는 할 줄 알아요."

"와우, 잘됐어! 약간 귀찮았는데. 일은 잘 해결된 건가요? 어제 이 자리에서 인터뷰도 했는데."

"여기에서요?"

"그럼. 저 사람이 막아주긴 했는데 내가 한다고 했어요. 잘 해결됐나요?"

윤후는 입을 벌리고 자신을 쳐다보고 있는 김 대표를 보며 말했다.

"들은 얘기랑 다르네요."

"너… 여, 영어 잘하네?"

윤후는 더듬거리는 김 대표를 보고 고개를 저었다. 자신에게 거짓말을 한 것으로 보아 무슨 귀찮은 일이 있을 것이란 예감이 들었다.

"그 SNS에서 본 대로 영화 보고 나오는 길에 즉흥적으로 만든 거 맞나요?"

"네."

"혹시 지금 화나 있는 거예요? 내 팬이라고 들었는데 나하고 대화하기 싫어요?"

그 질문에는 재빨리 이종락이 나서며 윤후의 성격이 원래 그렇다고 말했다. 마크는 어깨를 으쓱하고는 궁금하던 것들을 윤후에게 물었다.

"그 장면에 그 음악, 굉장히 마음에 들어요. 무슨 느낌으로 연주했는지 알려줄 수 있어요?"

"영화 볼 때 느낀 감정이요? 음… 무서우니까 정보를 뱉으면 살려줄까. 필요가 없어졌다고 죽이면 어떡하나. 그런 불안과 혼란스러운 느낌이요."

"와우! 내가 생각하고 담은 것과 똑같아. 그 첩보원이 겁쟁이잖아."

대화의 내용을 아는 이종락은 윤후가 아닌 김 대표와 킹스터에게 통역을 해주었고, 그 얘기를 들은 두 사람은 역시 이상한 놈이라고 윤후를 쳐다봤다.

"직접 경험해 봤으면 더 좋은 음악이 나왔을 테지만요."

"하하하하, 농담도 잘하네. 내가 의심이 되는 건 아니고 혹시 내가 말한 것을 지금 이 자리에서 음악으로 풀어줄 수 있나요?"

윤후는 가만히 생각하다가 입을 열었다.

"말보다는 직접 보는 게 좋은데요. 보는 것보다 직접 해보는 것이 더 좋고요."

"응?"

"듣기만 한 것과 직접 본 거랑 느껴지는 게 차이가 있더라고요."

지금까지는 십 년 동안 들은 얘기로만 곡을 써왔지만, 최근에 직접 느끼는 것들과는 약간의 차이가 있음을 느끼고 있었다.

"그래요? 지금은 보여줄 수 있는 게 없는데. 흠, 한번 들어나 볼래요?"

"그래요."

잠시 생각하던 마크가 윤후를 보며 차분히 말을 이어가려고 할 때 옆에 있던 벤이 입을 열었다.

"마크, 혹시 시나리오 얘기하려는 건 아니지?"

"조금만 얘기할 거야. 괜찮아."

"진짜 어쩌려고 그래?"

둘의 얘기를 이종락에게 전해 들은 김 대표가 절대 발설하지 않겠다는 듯 선서하는 행동을 보이자 마크가 웃었다.

"괜찮아. 줄거리도 아니고 장면만 말할 거니까. 중요하다 싶은 게 나오면 벤이 막아. 그럼 되잖아. 하하!"

벤은 고개를 젓고 휴대폰을 꺼내서 동영상을 촬영했다. 한국이라는 것과 날짜와 시간까지 말하며 증거를 만드는 모습처럼 보였다.

"이거라도 있어야 콜린한테 욕 안 먹을 거야."

마크는 고개를 젓는 벤을 보고 미소를 지으며 입을 열었다.

"저 친구 때문에 자세히는 말 못 해요. 이해해 줘. 어떤 장면이냐면 어린 시절부터 함께 지낸 두 친구 사이에 오해가 생겨요. 한 친구의 가족이 총격 사건에 휘말리게 되는데 그 사건에……."

"안 돼!"

"하, 참. 복수를 위해 찾아다니다가 친구가 이미 이 세상 사람이 아니란 것을 알았죠. 그리고 하나하나 알아갈수록 자신이 오해했다는 것을 뒤늦게 깨닫죠. 오히려 그 친구는 자신을 도우려 했고, 그것도 자신의 몸을 아끼지 않으면서 말이죠. 그렇게 친구의 무덤을 찾아간 주인공이 옛 친구의 모습을 떠올리는 거죠. 그립고 미안하고 고맙고."

"그만 좀 해, 마크. 제발!"

"알았어, 알았어. 대충 이런 얘기야. 그 무덤을 보는 주인공의 마음을 표현할 수 있겠어요?"

모두가 여전히 무표정으로 얘기를 듣는 윤후에게 시선이 옮기며 기대하는 얼굴로 쳐다봤다. 윤후는 고개를 끄덕거리며 마크를 보고 말했다.

"제가 어제 느낀 것과 약간 비슷하네요."

윤후는 기타를 안고 기타 할배의 나무를 안으며 느낀 것을 떠올렸다. 반가움과 그리움, 그리고 미안함과 감사함.

잠시 생각을 정리한 윤후가 이내 기타를 쓰다듬은 다음 튕기기 시작하자 이번에는 김 대표가 카메라를 들며 벤이 한 대로 촬영을 시작했다.

*           *           *

휴게실에서 윤후의 연주를 듣던 김 대표는 소름이 돋아 얼굴을 쓰다듬었다. 이 중에 윤후를 제일 잘 알고 있다고 생각했는데 지금의 연주는 그동안 봐온 느낌과 확연히 달랐다. 지금까지 윤후의 연주는 희미한 추억을 끄집어내게 만들었다면, 지금의 연주는 자신을 그 상황으로 데려다 놓은 것만 같은 느낌이었다.

윤후를 보고 있는 마크와 벤 역시도 김 대표와 별반 다르게 보이지 않았다. 쭈뼛쭈뼛 털이 서는 통에 팔을 쓰다듬던 마크는 연주를 마치고 기타를 쓰다듬으며 미소 짓는 윤후를 봤다. 자신이 생각한 것과 일치하는 음악이었다. 아니, 그보다 더 훌륭했다.

"후."

윤후는 자신을 부르는 소리에 고개를 들어 마크를 쳐다봤다. 한참을 아무런 말 없이 서로의 눈을 쳐다보다가 마크가 진지한 얼굴로 말했다.

"후, 나랑 미국 가자."

\*              \*              \*

전화를 내려놓은 오리 엔터의 이 대표는 입술을 깨물고 책상을 내려쳤다.

"차 실장 올라오라고 하고 나머지 팀은 대기시키세요."

의자에 몸을 기대고 태블릿 PC로 기사를 검색했다. 읽어보지 않고 제목만 봐도 오리 엔터를 지칭하는 기사들이 보였다. 조금 전 KM 엔터를 이끌고 있는 매형에게 전화로 들은 내용 그대로였다.

TV 프로그램 '기획사 전쟁'에도 출연한 C 기획사는 소속 가수들의 손해배상 청구권을 배제했음은 물론이고 소속 연예인과 일방 계약 해지를 규정하고 있음을 확인했다. 위 기획사에 소속되어 있던 밴드의 멤버 A 씨는 계약 후에도 아무런 활동도 하지 못했으며, 회사에서는 어떤 도움도 주지 않았다는 말을 전해왔다. 그 이후 어떤 활동도 하지 못한 A 씨는 '회사에서 추구하는 이미지와 맞지 않다'며 일방적으로 계약을 해지당했다. 위 같은 일을 겪은 A 씨는 자신과 같은 일을 겪은 연예인들을 모아 회사를 상대로 고소를 준비 중이라고 밝혔다.

한편, 이번 사건의 당사자인 A 기획사는 공연히 허위의 사실을 적시하여 소속 가수의 명예를 훼손한 C 기획사를 상대로 소송을 준비 중이라고 밝혔다.

기사는 오리 엔터를 노린 기획 기사처럼 회사의 전반적인 문제점을 나열하고 있었고, 그 밑으로는 커다랗게 모자이크 처리된 사진이 게재되어 있었다. 경쟁 기획사의 연예인을 추락시키려는 기획사라는 제목의 사진이었고, 커피숍으로 보이는 곳에서 돈 봉투를 건네는 뒷모습이 익숙했다.

"차 실장, 하……!"

그때, 차 실장이 대표실 문을 열고 허겁지겁 들어왔다. 이 대표는 차 실장을 쳐다보고 고갯짓으로 소파를 가리켰다.

"앉아요."

항상 깔끔하게 넘겨져 있던 머리가 헝클어진 모습으로 의자에 앉은 차 실장은 이미 상황을 어느 정도 알고 있는 모습이었다. 이 대표는 책상에 앉아 차 실장을 보며 말했다.

"다 봤나 봐요?"

"조금 전에 확인했습니다. 죄송합니다."

"그래요? 그래서 어떻게 할 겁니까?"

"기사들은 일단 내리고 있습니다. 그리고 연예 제작사 협회에도 도움을 청해놨습니다."

"그래요? 그러고요?"

차분한 성격인 차 실장은 이 대표의 높임말에 불안해졌는지 더 이상 말을 잇지 못했다. 대답을 못 하는 차 실장을 본 이 대표는 책상에서 자리를 옮겨 소파에 앉으며 말했다.

"차 실장님, 제작사 협회에서 이미 도와줄 수 없다는 거 못 들으셨어요? 그리고 다른 기사도 하나 더 있는데⋯ 아직 못 보셨나 봐요?"

"어떤 걸⋯⋯."

이 대표는 자신이 보고 있던 태블릿 PC를 내밀었다.

공정거래위원회가 기획사와 업계 단체 등 연예 산업 전반의 불공정 행위에 대해 조사를 착수한다고 밝혔다.

기사를 보며 아무런 말을 하지 못하는 차 실장을 보며 이 대표는 차가운 얼굴로 말했다.

"하하, 잘됐죠? 일이 생각보다 크죠?"

"죄, 죄송합니다."

"죄송하죠? 어차피 이대로라면 과징금은 피할 수 없겠죠. 일단 지금 회사에 도움 안 되는 애들부터 다 잘라내요."

"네, 알겠습니다. KM에서 온 애들은 어떻게 할까요?"

"잘라야죠. 연습생 필요 없으니까. 그렇다고 지금 돌려줄 수도 없잖아요? 그리고 계약 위반도 아니고. 안 그래요?"

"맞습니다."

차가운 얼굴로 쳐다보는 이 대표와 눈이 마주친 차 실장은 자신도 모르게 고개를 숙여 눈을 피했다.

"그리고 차 실장님도 일단 사과문 작성하시고요. 직원의 실수로 인하여 피해를 입은 분들에게 사과한다는 글 정도? 어때요?"

"네?"

"못 알아듣겠어요? 그럼 그냥 실수가 아니라 차 실장의 개인적인 판단이라고 쓸까요? 그래야 고소를 당하더라도 합의를 하든가, 합의를 안 해주더라도 감형이 되든 안 되든 뭘 할 거 아닙니까. 뭐 명예훼손이랑 업무방해로 들어올 건 뻔하니까."

고개를 숙이고 있던 차 실장은 눈을 감았다. 증거가 없다면 모를까, 명확한 증거가 있기에 단순히 벌금형으로 끝나진 않을 것이다.

차 실장은 감은 눈을 뜨고 이 대표를 쳐다봤다.

"흠, 그냥 조용히 처리하는 편이 좋을 텐데요?

이 대표라면 각종 사업에 발을 걸치고 있는 KM 엔터의 도움을 받을 것이 뻔했기에 길이 없어 보였다. 그에 차 실장은 이 대표가 내민 봉투를 쳐다보고는 다시 눈을 감았다.

\*              \*              \*

마크와 벤이 돌아간 뒤 지하 연습실 의자에 드러누워 있던 윤후는 벌떡 일어나 옆에 놓아둔 기타를 안았다. 무엇 때문인지 윤후의 옆에서 떨어지지 않는 김 대표는 갑작스러운 윤후의 행동에 깜짝 놀라 옆으로 비켜줬다.

기타를 안고 잠시 생각하던 윤후는 연습실에서 연습 중인 'OTT'의 데뷔곡을 연주하기 시작했다. 잠깐 연주를 하다 말고 마음에 안 드는 얼굴로 기타를 내려놓고 다시 드러누웠다.

"아, 키스해 보고 싶다."

윤후의 말에 놀란 김 대표가 잘못 들었나 싶어 귀를 후비고 윤후를 쳐다봤다. 그러고는 의심스러운 표정으로 윤후에게 물었다.

"내가 잘못 들은 거지? 키스하고 싶다고 말한 거 아니지?"

"맞는데요."

"안 되지, 지금은! 나중에 해! 스캔들 때문에 시끄러운데!"

그때, 연습실에 있던 'OTT' 멤버들이 웃으며 김 대표에게 말했다.

"후 형님이 말씀하신 건 키스를 하면 어떤 감정인지 궁금해서 하신 말씀 같습니다. 그리고 키스뿐만이 아니라 다른 여러 가지 감정을 알고 싶으신 것 같습니다. 맞죠, 후 형님?"

동성의 말에 윤후를 보니 고개를 끄덕거리고 있다. 그 말에 김 대표는 가슴을 쓸어내렸다. 그때 윤후의 퉁명스러운 목소리가 들렸다.

"왜 계속 쫓아다니시는 건데요?"

"내가 언제?"

"아까부터요. 계속."

김 대표는 얼굴을 씰룩거리고 윤후를 보며 조심스럽게 말했다.

"…갈 거야?"

"어딜 가요?"

"…미국 말이야. 아까 그 노인네가 그랬잖아. 같이 미국 가

자고."

김 대표에게 마크는 세계적인 거장에서 노인네가 되어버렸다. 김 대표는 언젠가는 윤후를 놔주어야 한다는 것은 알고 있지만, 지금 당장은 윤후에게나 자신에게나 때가 아니라는 판단이다.

다른 회사에 간다면 안 봐도 뻔했다. 현재 한국은 라온처럼 음반이 아닌 음원만 내고 음악 방송 활동만으로는 수익을 얻기 힘든 구조였다. 그렇기에 표준 계약이라는 7년 동안 공연이면 공연, 앨범이면 앨범 등 돈 되는 일은 가리지 않는 것이다. 인터뷰 하나 잡을 때도 온갖 술수를 부려야 겨우 할까 말까 한 윤후를 이리저리 휘두를 것이 분명했다. 김 대표는 윤후의 대답을 기다리며 물끄러미 쳐다봤다.

"가고 싶죠. 확인해 보고 싶은 것도 있고요."

"그래?"

윤후가 가고 싶다면 막을 자신이 없는 김 대표는 씁쓸히 웃었다. 김 대표의 말 때문인지 미국에 대해 가만히 생각하던 윤후가 물었다.

"당장은 안 가요. 그런데 대식이 형 영어 할 수 있어요?"

"…못하지. 대식이는 왜?"

"같이 가서 영어 못하면 내가 힘들 거 같아서요."

"대식이랑 같이 가려고?"

"대표님이랑 가도 상관은 없는데 대표님도 영어 못하시잖아요."

무표정으로 툭툭 내뱉는 말이지만, 김 대표는 그 말투조차도 따뜻하게 느껴졌다. 씁쓸하던 얼굴이 미소가 가득한 얼굴로 바뀌었고, 이내 신이 난 말투로 윤후에게 말했다.

"그렇지. 우리는 라온 가족이잖아. 끝까지 함께해야지. 하하하!"

윤후는 여전히 무표정으로 김 대표를 바라보며 고개를 저었다. 김 대표는 그마저 신이 나는지 잇몸까지 보이게 웃으며 말했다.

"그래서 하는 말인데, 너 내일 마크랑 같이 인터뷰해야 돼."

"음?"

"아, 금방 끝날 거야. SBC인데 그 노인네가 5분만 한다고 그랬대. 걱정하지 마."

싫은 티를 팍팍 내고 있는 윤후의 모습에 김 대표는 피식 웃었다.

"그런데 아까 들려준 노래 말이야. 가사는 없지?"

윤후는 김 대표의 말에 무언가 떠올랐다는 듯 김 대표를 쳐다봤다.

"뭐, 뭐야? 왜 또 이상하게 쳐다봐?"

"대표님."

"왜? 야, 인상 풀어라."

"저 인터뷰 할 테니까 노래 완성되면 부탁 하나만 들어주세요."

김 대표는 자신을 위한 인터뷰에 조건을 내거는 윤후의 모습에 어이가 없다는 듯 쳐다봤다.

"뭔 부탁? 또 USB 그런 건 안 된다?"

"그건 아니고요, 노래 다 만들면……."

김 대표는 윤후의 말에 눈만 껌뻑거렸다.

*　　　*　　　*

음 소거가 된 TV의 불빛만이 비추는 어두운 방 안에 있던 채우리는 이불을 머리까지 덮어쓰고 있었다. 채우리는 윤후의 스캔들이 자신 때문에 벌어졌다는 생각에 아무것도 손에 잡히지 않았다. 먹지도 않고 씻지도 않고 숨어 있듯이 이불 속에만 있을 때, 조용한 방 안에 휴대폰 벨 소리가 울렸다. 휴대폰에 보이는 이주희라는 이름에 고민되었지만, 자신의 편에서 기사를 내주려 노력했다는 것을 알기에 전화를 받았다.

─우리 씨.

"네, 언니."

─내가 지금 바빠서 용건만 말할게. 라온 엔터에서 우리 씨

연락처 물어보는데 가르쳐 줘도 될까?

분명 스캔들 때문이라는 생각이 들자 자신 때문에 피해를 보는 후의 얼굴이 떠올랐다. 욕을 먹든 아니든 당사자인 본인이 나서서 해결한다면 오해가 풀릴 거라는 생각이 들었다.

"네……."

─그래, 알았어. 나중에 또 전화할게.

정말 많이 바쁜지 용건만 말하고 바로 전화를 끊었다. 그렇게 통화를 마친 채우리가 휴대폰을 보고 한숨을 쉬고 있을 때, 곧장 모르는 번호로 전화가 걸려왔다. 휴대폰을 보며 심호흡을 크게 한 번 하고 전화를 받았다.

"여보세요."

─안녕하세요. 라온 엔터테인먼트의 이종락이라고 합니다. 채우리 씨 되십니까?"

"네, 맞아요."

─아, 진짜… 대표님! 지금 통화 중이잖아요!

전화 너머로 시끄러운 소리가 들리더니 처음에 말한 사람과 다른 목소리가 들려왔다.

─하하, 김기상이라고 합니다. 일단 하나만 물어볼게요."

"네?"

─가수 계속 하실 생각입니까?

"그러고 싶지만… 기회가 없겠죠?"

─하하, 일단 만나시죠.

채우리는 생각할 틈도 없이 약속을 정하는 남자의 말에 정신이 나간 듯했다. 다짜고짜 하는 질문에 대답만 하고 끊긴 전화를 보며 지금 이게 무슨 일인가 싶었다.


*          *          *


차로 이동 중인 윤후는 실시간 검색어가 다시 자신의 이름으로 도배되고 있음을 확인했다. 밑에 죽 이어진 검색어를 보니 스캔들 때문에 다시 올라온 것은 아니었다.

자신의 이름을 클릭하니 며칠 전과 다른 기사로 가득했다. 그 기사들에 있는 영상을 클릭해 보니 마크 그레이스와 이주희의 익숙한 목소리가 들렸다.

인터뷰에 대해 전혀 모르는 것처럼 말하던 김 대표를 떠올리며 한숨을 쉬고 영상을 마저 봤다. 이미 마크에게 들었기에 알고 있었지만, 서로가 서로의 팬인 것처럼 인터뷰가 꾸며져 있었다. 그리고 댓글들 또한 우호적인 댓글이 주를 이뤘다.


─말도 안 되는 루머라서 대응을 안 했구나.

─크의 주모! 여기 국뽕 한 사발!

─클라스 보소. 해외 감독 불러들이는 클라스.

─윤송이 누구임?

 

스캔들 당시 신경은 쓰지 않았지만, 파렴치한에 몹쓸 놈이
라 부르던 때와는 너무나 다른 모습이었다. 악플이 간간이 보
이기는 했지만, 그다지 신경 쓰이지 않아 윤후는 휴대폰을 집
어넣었다. 그리고 마침 눈이 익은 건물이 보이고 이어 익숙한
얼굴이 눈에 들어왔다.

"저 양반은 매니저여, PD여?"

대식은 숲 엔터의 주차장에 차를 대며 마중 나온 킹스터를
보고 손을 흔들었다. 차에서 내린 윤후는 킹스터를 따라 건물
로 들어섰다. 킹스터는 윤후를 보며 뭐가 그리 좋은지 환하게
웃고 있었다.

"너 때문에 내가 요즘 잘나가도 너무 잘나가!"

"흠."

"오디션에 윤후 너 나온다고 해서 그런지 지금 회사에서 지
원도 빵빵해. 하하! 잊지 마라. 7년 뒤에 나랑 계약하기로 한
거."

킹스터를 따라 엘리베이터에서 내리니 바쁘게 움직이는 사
람들이 눈에 들어왔다. SBC의 방송국에서 온 사람들도 보이
고 숲 엔터의 직원으로 보이는 사람들도 보였다. 윤후는 킹스
터가 안내하는 대로 촬영 관계자에게 인사를 하고서 방 안으

로 따라 들어섰다. 사무실로 보이는 방 안은 촬영을 위해서인지 검은색 암막 커튼이 쳐져 있었다. 사무실의 한가운데 마련되어 있는 의자에는 마크와 벤, 그리고 처음 보는 남자가 앉아 있었다.

"오, 후! 내 친구, 어서 와요! 여기는 내 오랜 친구 콜린."

마크의 소개에 옆에 있던 하얀색 정장을 입고 김 대표와 똑같이 완벽한 대머리인 남자가 윤후를 살펴보듯 위아래로 훑기 시작했다.

"콜린, 무슨 실례야?"

"아, 미안해요. 반가워요. 난 콜린 포드라고 합니다. 내가 알던 사람이랑 비슷한 느낌이라서. 미안합니다."

"네."

윤후는 마크 옆의 의자에 앉아 인터뷰가 시작되기를 기다렸다. 잠시 후 촬영 팀이 들어와 조명과 오디오 설치 등 촬영 준비를 할 때 윤후가 마크에게 물었다.

"언제 가요?"

"왜? 같이 가려고? 생각해 본 겁니까?"

"아니요. 안 가면 인터뷰 또 해야 될 것 같아서요. 인터뷰 안 좋아하거든요."

최대한 돌려 말한 윤후였지만, 이런 대우에 익숙하지 않은 마크는 얼굴을 씰룩였고, 옆에서 듣고 있던 콜린이 크게 웃었다.

"마크, 어디서 이런 대접 받아본 적 있어? 하하하!"

"웃기는… 이 친구 성격이 원래 이렇다고 했어. 벤 엄마만 봐도 몰라? 벤한테 매일 화내는 거? 동양인은 좋으면 원래 이렇게 말한다고."

마크는 어깨를 으쓱하는 콜린을 보고 고개를 젓고는 윤후를 보며 말했다.

"언제든지 와요. 환영이니까. 미국에 오지 않더라도 내 다음 영화 노래는 맡아줄 거죠?"

"재미있으면요."

"하하하하하!"

무표정으로 대답하는 윤후의 말에 인상을 찌푸리는 마크였고, 콜린은 그 모습을 보며 배를 부여잡고 웃었다.

『여섯 영혼의 노래, 그리고 가수』 3권에 계속…

이제부터 전자책은

# 이젠북

## www.ezenbook.co.kr

새로운 세계가 열린다!

김재한『성운을 먹는 자』 　철백『대무사』
니콜로『마왕의 게임』 　가프『궁극의 쉐프』
이경영『그라니트:용들의 땅』 　문용신『절대호위』
탁목조『일곱 번째 달의 무르무르』 　천지무천『변혁 1990』
강성곤『메이저리거』 　SOKIN『코더 이용호』

**이름만 들어도 황홀할 정도의 별들의 향연!**
이들의 "유료연재"가 시작됩니다!

검색창에 **이젠북**을 쳐보세요! ▼

# 초대형 24시 만화방

신간 100%, 샤워실, 흡연실, 수면실(침대석), 커플석, 세탁기 완비

## ■ 광명 광명사거리역점 ■

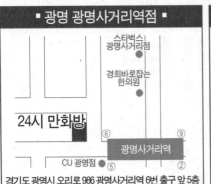

경기도 광명시 오리로 986 광명사거리역 6번 출구 앞 5층
02) 2625-9940 (솔목타워 5층)

## ■ 강북 노원역점 ■

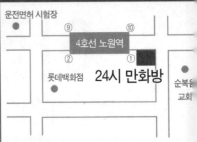

서울 노원구 상계동 340-6 노원역 1번 출구 앞 3층
02) 951-8324 (화용빌딩 3층)

## ■ 일산 정발산역점 ■

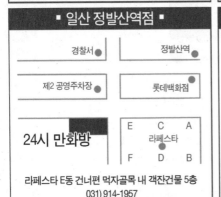

라페스타 E동 건너편 먹자골목 내 객잔건물 5층
031) 914-1957

## ■ 일산 화정역점 ■

경기도 고양시 덕양구 화정동 984번지 서일빌딩
031) 979-4874 (서일사우나 건물 7층)

## ■ 부천 역곡역점 ■

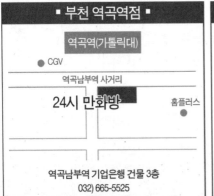

역곡남부역 기업은행 건물 3층
032) 665-5525

## ■ 부평역점 ■

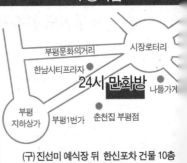

(구) 진선미 예식장 뒤 한신포차 건물 10층
032) 522-2871

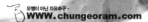

이경영 판타지 장편소설

FANTASY FRONTIER SPIRIT

# 그라니트

## 용들의 땅

GRANITE

사고로 위장된 사건에 의해 동료를 모두 잃고 서로를 만나게 된 '치프'와 '데스디아'.
사건의 이면에 상식을 벗어난 음모가 있음을 알게 된 둘은
동료들의 죽음을 가슴에 새긴 채 각자의 고향으로 돌아간다.
2년 후, 뜻하지 않게 다시 만난 두 사람은 동료들의 복수를 위해
개척용역회사 '그라니트 용역'을 설립해 다시금 그 땅을 찾게 되는데……

용들이 지배하는 땅 그라니트!
그곳에서 펼쳐지는 고대로부터 이어지는 운명적 만남,
깊어지는 오해, 그리고 채워지는 상처.

『가즈 나이트』시리즈 이경영 작가의 미래형 판타지 신작!

Book Publishing CHUNGEORAM

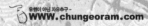

# 아우스

## 마도 시대의 시작

FUSION FANTASTIC STORY

### 강준현 장편소설

여덟 번의 죽음을 겪었고, 아홉 번의 삶을 살았다.
그리고 열 번째,
난 노예 소년 아우스로 환생했다.

푸줏간집 아들, 고아, 불량배, 서커스단원, 남작의 시동 등…
아홉 번의 삶을 산 나는 참으로 운이 없었다.

## 나는 더 이상 과거의 내가 아니다!
## 내가 꿈꾸던 새로운 삶을 살 것이다!

Book Publishing CHUNGEORAM

유행이 아닌 자유추구 -
**WWW.chungeoram.com**

신가 新 무협 판타지 소설

FANTASTIC ORIENTAL HEROES

泓源

홍원

원치 않은 의뢰에 대한 거부권,
죽어 마땅한 자에 대한 의뢰만 취급하겠다는 신념.
은살림(隱殺林) 제일 살수, 살수명 죽림(竹林).
마지막 의뢰를 수행하던 중, 괴이한 꿈을 꾼다.

"마지막 의뢰에 이 무슨 재수 없는 꿈인가."

그리고 꿈은, 그의 삶을 송두리째 뒤바꾼다.
하나의 갈림길, 또 다른 선택.
그 선택이 낳는 무수한 갈림길……

살수 죽림(竹林)이 아닌,
사람 장홍원의 몽환적인 여행이 시작된다!

Book Publishing CHUNGEORAM

유행이 아닌 자유추구 ~
WWW.chungeoram.com